一方丛书
郝建国 主编

少年游

孟昭旺 著

花山文艺出版社
河北出版传媒集团
河北·石家庄

图书在版编目（CIP）数据

少年游 / 孟昭旺著. -- 石家庄：花山文艺出版社，2022.10
（一方丛书 / 郝建国主编）
ISBN 978-7-5511-6254-8

Ⅰ.①少… Ⅱ.①孟… Ⅲ.①短篇小说－小说集－中国－当代 Ⅳ.①I247.7

中国版本图书馆CIP数据核字(2022)第146035号

丛 书 名：	一方丛书
主　　编：	郝建国
书　　名：	少年游 Shaonian You
著　　者：	孟昭旺
责任编辑：	于怀新
特约编辑：	张凤奇
责任校对：	李　伟
美术编辑：	王爱芹
出版发行：	花山文艺出版社（邮政编码：050061）
	（河北省石家庄市友谊北大街330号）
销售热线：	0311-88643221 / 34 / 48
印　　刷：	石家庄燕赵创新印刷有限公司
经　　销：	新华书店
开　　本：	880 mm×1230 mm　1/32
印　　张：	7.625
字　　数：	158千字
版　　次：	2022年10月第1版
	2022年10月第1次印刷
书　　号：	ISBN 978-7-5511-6254-8
定　　价：	30.00元

（版权所有　翻印必究·印装有误　负责调换）

总　　序

郝建国

一方有一方水土，一方水土养一方人。

在蜿蜒几千公里境界豁然开朗的古黄河北岸，有孕育古老华夏文明的一片沃土。这片沃土，人杰地灵，上演过无数惊天地泣鬼神的现实大片，也涌现过无数壮怀激烈的仁人志士。

时至21世纪20年代，经历过改革开放四十多年、乘历史的列车快速驶入新时代的中国，每天都呈现着崭新的面貌，取得突飞猛进的发展。记录时代的变迁，反映当下普通大众的喜怒哀乐，给历史留下弥足珍贵的信史，是每一名文学工作者的使命和义不容辞的责任。为此，我们组织策划了这套"一方丛书"。

人民是历史的创造者，也是时代的创造者。在人民的壮阔奋斗中，随处跃动着创造历史的火热篇章，汇聚起来就是一部人民的史诗。"一方丛书"，选择一方沃土，用心书写一方烟火中的精彩故事，描画平民百姓的生存状态和酸甜苦辣，是我们贯彻落实"以人民为中心"创作导向的具体行动,具有积极的现实意义,更具有深远的历史意义。

"铁肩担道义,妙手著文章。"丛书的五位作者,出生于20世纪六七十年代,均是活跃于中国文坛的河北知名作家。他们或笔力遒劲,或灵光闪耀,把对现实持久洞彻的观察,行诸笔端,冷静铺陈,隐深情于字里行间,传激越于千里之外,抒发了对中国大地,特别是对燕赵热土上芸芸众生的满怀深情。为了避免雷同,也为了覆盖河北全境,我们将五位作者的写作范围做了大致的区域性划分:刘江滨为冀南,关涉整个河北;杨立元为冀东;绿窗为冀北;虽然、孟昭旺为冀中。五位作家作为各自区域的代言人,更能穷形尽相地写出生于斯长于斯的故乡的精气神,也便于读者们从一个个感人的故事中抽绎出各个区域的人文精神和独特气质,进而对河北以及河北人有个总体认知,找到足以涵盖河北的关键词。作家们的写作,选择了特定的场景和人物,故事均来自日常观察和积累,故事的主人公就生活在他们身边,有名有姓,虽文中以化名出现,然本着"不虚美"的原则,尽力写出生活的真实和情感的真实,可以说是小说化的、散文化的客观现实。

宣传河北文化的书籍,过去出过许许多多,彩色的、黑白的,文字的、图画的,开本大的、开本小的,单位组织的、个人著述的,不一而足。许多以河北为背景的小说、散文、戏剧经典,客观上也起到了宣传推介河北的作用。但是,这样系统地以文学的方式通过记述普通百姓来宣传河北,应该还是第一次。宋代孟元老的《东京梦华录》，记录了都城开封的风土人情和各色人等的日常生活，至今仍是研究北宋都市社会生活、经济文化的珍贵资料，具有恒久的价值。"一方丛书"，以此为目标，希望为后人存留记录当下民间最具代表性生活的鲜活资料。

  河北乃京畿重地，对时代风云的激荡感受最为敏感，记录河北这一方的时代脉动，其实就是记录中国的发展节律，记录中国发展的时代足音。实现中华民族伟大复兴中国梦的号角已然吹响，日新月异的中国将会提供更多的素材和故事，而我们的记录只是刚刚开始，一切还都在路上。

  从我们这"一方"眺望中国的一方又一方，每一方都代表着今日中国的气象和中国的模样，都是历史回望时珍贵的典藏。

目录

串乡	1
私奔	6
白塘	12
春耕	16
风筝	20
婚事	24
偷窃	28
卖艺	33
浇地	38
上供	42
祈雨	47
侉子	53
骂街	58
走亲	61

鱼事	66
卖棉	69
搞活	75
顶替	80
收税	86
要饭	91
婚事	97
闹鬼	103
童谣	109
花集	116
斗牌	121
日常	126
买卖	131
转制	136
废园	141
姻缘	149
狩猎	156
盖房	162
野味	167
改嫁	170
归宗	177
唱戏	184

喜丧	191
玩闹	197
棋道	203
行医	207
孝顺	212
铁匠	216
红颜	224

串　乡

初春的头场雨，说来就来了。

不过刚出正月，天仍阴冷，影壁下的积雪都没化完，雨水却说来就来了。雨下得又细又密，像春蚕啃噬桑叶，沙沙沙的。串乡的商贩，卖豆腐的、打香油的、劁猪的，逢着这样的天气，多半会停了生意，躲到沿街户家的门洞里避雨。

最常去的是丑爷家。

丑爷住在大队旁边，临街，处于村里热闹地带。往南是司马真的诊所；往东是白塘；往西繁华些，学校、磨坊、点心铺、扎彩铺；往北是胡同，住着麻爷、贾爷、杏花娘、骡爷、三娘娘等十来户人家。门前便是官道。邻村人来董村赶集，商贩来董村串乡，还有下乡检查的干部、送信的邮差、迎亲的队伍都从官道过。

商贩们常来常往，跟丑爷便熟识，打声招呼："忙哩，老哥，借个光，避避雨。"

丑爷定然不会拒绝，外来的是客，倒要高看三分。按照丑爷的说法，遇到难处帮一把，这是董村的规矩，老辈子传下来的。人生在世，谁还没个落难的时候？见了投奔而来的买卖人，丑爷便招呼坐下，沏一壶茉莉花茶，倒上，端出烟叶簸箩摆在脚下，各自卷一袋烟，边抽边聊。

待到天晚，雨稍小些，串乡人起身告辞。卖豆腐的敲着梆子，打香油的敲着铜锣，劁猪的在车前头挂上红缨子，不紧不慢地按着车铃，丁零丁零的，消失在雨雾中。

丑爷在门口目送人家远去，才转身忙自己的事情。

丑爷年轻时在北京当兵，空军，炊事班班长。丑爷说，想当年，林彪看歼八飞行表演，就在他们机场，国庆阅兵也要在他们机场训练。我不知道林彪是谁，只从丑爷的口气里猜测，大概是个大人物，我也不知道吗是国庆阅兵，不知道阅兵跟丑爷有吗关系。唯一可以肯定的是，丑爷的确在北京当过兵，他的相框里挂着张照片，照片里的丑爷身穿军装，头戴军帽，站得笔挺，背景是北京天安门。

在董村人的心目中，丑爷是见过大世面的。

我那时年少，对飞机啊、坦克啊、手枪啊之类的事物满是向往。闲暇了，便常到丑爷家串门，听他讲部队的事儿。

大概是时间太久，丑爷自己也含糊了。他讲述的事情，常前后矛盾。我细问他时，他便说，怎么会呢，我从没那么说过，但我是记得清清楚楚的。

那年春天，村里来了个串乡的。听口音，不是本地人。董村人说话硬，直来直去，那人说话俏，曲里拐弯的。他的生意比较特殊——收头发辫子。收了干吗呢？那人说是卖给戏班子,给唱戏的老生、花脸做髯口。人们觉得在理儿,咂嘴说,髯口原来是辫子做的。

串乡的累了,到丑爷家讨水喝。

丑爷照例热情招待——摆桌子,沏茶,让烟。那人歇了会儿,起身要走,却又来了个讨水喝的,随身带了个袋子,袋子里鼓鼓囊囊的,不知装了吗东西。

当着丑爷的面,两人自顾自聊起来。

一个说:"俺是收头发辫子的。"

另一个说:"巧了,俺刚好捡了一袋子头发辫子。"

打开看,果然是黑漆漆的、盘得整整齐齐的辫子。两人站在袋子旁不停谈论着,说辫子这么长,这么黑亮,最少要十年以上,能卖不少钱。

丑爷于是从中撮合,说:"这不正好,你收了他的,你开了张,他得了钱。"

串乡人掂了掂袋子,说:"这些辫子不便宜,至少值一百多块,俺身上没那么多钱。"犹豫了会儿,便问丑爷,能不能先借点儿钱给他,打发人家走了。袋子里的东西,暂时押在这里,等他回家取了钱,再来赎。怕丑爷不信,串乡人拍着胸脯保证:"老哥,俺看你也是实诚人。放心吧,不出三天,俺肯定回来赎东西。到时候,东西俺取走,钱还是你的。"

丑爷想了想,答应了下来。

我那时正在丑爷家玩儿,头一回见那么一大袋子头发,觉得新鲜,想拿在手里把玩,串乡人却把袋子系上,笑着说:

· 3 ·

"当心看在眼里，拔不出来。"

三天过后，我又去了丑爷家，却没见串乡人回来。丑爷忍不住打开袋子，发现里头除了表面一层是真的辫子，其余都是废塑料填充的。

丑爷被骗了。

被骗了的丑爷一直嘴硬，不肯认账，别人问起时，他只说，再等等，再等等。

那些日子，丑爷常独自到村口，朝远处张望。他定是等那个串乡人，带着钱来赎走他的东西。可惜，一个星期过去了，一个月过去了，串乡人并没有出现。

丑爷病了一场，胸闷，喘不上气。五娘娘要去请大夫，丑爷不让。五娘娘从药铺抓回来的药，也被他一把胡噜到地上。

丑爷在炕上躺了半个多月，终于能下地走路。病愈的丑爷不大出门，也很少与人交往，只是到了傍晚时分，才一个人到白塘边走走。

我很少能见到丑爷。只是有一回，在去往白塘的路上，我碰到了他。丑爷见了我，停下了脚步，对我说："小孩子家，不要乱说话！"他的声音又急又重，眼神有些瘆人，不像平时的模样。

父亲说丑爷脑子有毛病了，让我尽量少去招惹他。

丑爷的脑子果然是出了毛病。他在一个漆黑的夜晚掉到了白塘里，幸好被住在塘边的根生叔发现，招呼村人，七手八脚地把他捞了起来。

村里人都说:"丑爷投河了。"

人们去看望丑爷。丑爷只说是自己一不留神,滑溜下去的。还说,水里有水鬼,他在水边遛弯儿,听见水鬼叫他的名字。

这事在村里传了很久,孩子们都怕。

母亲为此不让我到白塘边去,说:"水鬼要捉人当替身,被捉了替身的就活不成了。"

我问:"为吗丑爷没被捉去?"

母亲说:"丑爷当过兵,水鬼不敢捉,或者,捉了又被放回来了。"

我便不敢再去白塘玩儿水,就连打旁边经过,都觉得白塘里的水发黑,看起来阴森森的。

没过多久,村里传出话来,丑爷之所以帮忙垫钱,是因为当时串乡人许诺,回来赎东西时,额外给丑爷二十块钱作补偿。

人们说:"无利不早起。这是老话。"

私　奔

货郎推着车子，车架上挂着铁笼，笼子里摆着各种商品：针头线脑、胶泥模子、铅笔、橡皮、玻璃球、糖精，吗都有。

货郎不叫货郎，叫"换娃娃的"，为吗这么叫，不知道。人们只知道，"换娃娃的"做买卖"死"得厉害。"死"是董村的方言，是死板、不懂变通的意思。"换娃娃的"做买卖"死"，在董村是出了名的。

"换娃娃的"跟别的买卖人不大一样。怎么说呢？一般的买卖人是精明的，眼里放着光，嘴上蘸了蜜。他们逢人说人话，遇鬼说鬼话，遇到买主，总带着笑脸，七姑八姨地攀亲戚，目的不外乎给买主留个好印象，以便好做买卖。"换娃娃的"则不同，他很少说话，待人也不大热情，冷冷的，仿佛那生意对他并不十分重要，赚了多少钱，卖了多少货，他心里都是知足的。

他的穿着打扮也不一样。别的串乡人都是粗布衣服，破破烂烂的，上头常沾些泥点子、油点子。"换娃娃的"穿整齐的中山装，鼻梁上架副眼镜，头上戴顶旧毡帽，乍看起来，像个教书先生。他大抵姓余吧,村里上年纪的人叫他"小余",大队会计李凤梧叫他"余掌柜",妇人和那些没有出嫁的姑娘们则叫他"换娃娃的"。

"换娃娃的"没有梆子和铜锣,也没有红缨子,只凭一副嗓子吆喝着:

"有钩针、刹针、绣花针喽——"

"有红、绿、黄颜色喽——"

那声音浑厚、清脆,拖着长腔,唱戏一般,一遍遍循环往复,从巷头传到巷尾,又传到很远的地方。

董村的妇人们,要买针头线脑的,便招呼他:

"换娃娃的!"

"哎——"

他答应着,原地停下车子,扶一下眼镜,静等着顾客上前搭话。

三里五村的,常买常卖,都是熟客。妇人挑了一枚顶针、几轴彩线和几枚绣花针,却不急着付钱,站在那里讨价还价,要搭一个、饶一个。

"换娃娃的"不肯,说:"不,不行。"

妇人却硬要。一会儿,又引来了姑嫂和正在门口唠嗑的女孩子,围在铁笼旁,七嘴八舌地讨论着各种商品的质地、款式和颜色。自然都是往孬处说,说那颜色不正,流里流气的;说那款式旧,几年前的样子了;说那材质不好,却又说不出具体哪里不好,只说不如供销社里的好。

"换娃娃的"也不气恼,也不解释,只闷着头站在原地,耐心听她们说。有时,他也瞅瞅她们,无奈地摇摇头,脸上却始终挂着笑。

抱怨归抱怨,该买还是要买的。纠缠半天,到最后,必定是每人手里拿些称心的物件,心满意足地散了。

我虽常听见"换娃娃的"叫卖声,却极少跟他打交道。

有一回,母亲要给姥姥买副老花镜,那些日子,常听她念叨着:"这个换娃娃的,总也不来了。"

我便意识到,"换娃娃的"当真是许久没来了。

隔了几天,大概也是个阴雨天,终于听到胡同里响起悠长的吆喝。

母亲说:"'换娃娃的'来了!"

我和母亲连忙从家里跑出来。车子周围已经站了不少人:九奶奶、五娘娘、巧凤姑姑、红琴姐、秀莲、拴柱婶子。

那是我第一次看清余掌柜的长相,白白净净的,很周正,头发密而黑,眉毛特别长,着实是个美男子。看到他,我忽然想到评书里的赵子龙,白盔白甲白脸庞,手持一杆亮银枪。只不过,赵子龙是勇冠三军的武将,余掌柜是个文质彬彬的货郎罢了。

母亲挑花镜的空当,余掌柜躬下身子,问我:"看看吧,选点儿吗?这是胶泥模子,小哪吒、猪八戒、寿星佬,都有。这是小画书,《薛刚反唐》《呼延庆打擂》《大破天门阵》。这是玻璃球……"

他把车上的货物一件一件介绍给我，他的声音温和，说话时眼睛里散发出柔和的光。

我知道母亲手头拮据，又怕她为难，便躲到母亲身后，低着头，不知该怎么回答。

余掌柜便明白了，对母亲说："这孩子真懂事。"

母亲挑好花镜，付了钱。余掌柜从车上拿出那本《大破天门阵》，递给我，说："拿着吧，送给你的，不要钱！"

我自然特别欢喜，觉得他并不"死"，反倒是个慷慨的人，也因了他的慷慨，打心底觉得亲近。他再来董村串乡时，我便不希望别人跟他讨价还价，不希望别人为难他。

买东西的人可没这样的软心肠，红琴姐就是有名的刀子嘴，每回见了余掌柜，都要纠缠半天，不依不饶的。

他说一句，她便回一句。他说两句，她便回两句。

红琴姐嘴快，说起话来冲，乍一听像吵架。

余掌柜说不过她，只喃喃地说："不行的，这个不行的，小本生意，要赔钱了……"

红琴姐嘴上不饶人，机关枪一样，把余掌柜的话全都噎回去。

一来二去，余掌柜就脸红了，说："听你的吧，都是三里五乡的，老主顾了。"

巧凤姑姑笑着说："这'换娃娃的'平日里抠得厉害，今天遇到红琴，竟活泛起来。"

红琴姐就满意了，咯咯笑起来，露出两排洁白的牙齿。

下次见着，仍旧他一句她一句地拌着嘴。

《大破天门阵》我早就看腻了，母亲给我的零钱，已经攒了两毛多，足够买本新的小画书，于是，便日日盼着余掌柜再来董村。

有一天，在饭桌上，母亲忽然说起余掌柜："知道吗？李凤梧的闺女红琴，跟那'换娃娃的'跑了。"

董村人管私奔叫"跑了"。谁家的大姑娘、小媳妇跟男人私奔了，就说让人家"拐跑了"。在董村，闺女被拐跑，是件丢人的事。

谁也没想到，红琴竟然跟余掌柜私奔了。那一年，红琴不到二十岁，而余掌柜呢，差不多快四十岁了吧。况且，那时，红琴已经跟黑龙村一个名叫志刚的青年定了亲，双方换过庚帖，说好秋后结婚的，而余掌柜则已经是两个孩子的父亲。

谁也说不清他们的感情从吗时候开始的，谁也不知道他们私奔以后去了哪里。人们只知道，他们离开董村，"跑了"。

他们走后，村里很快传出风言风语。

有人说："红琴是被'换娃娃的'花言巧语糊弄了，私奔前，她已经怀了人家的孩子。"

也有人说："是红琴主动勾搭'换娃娃的'，年纪轻轻的，没正经。"

后来我才知道，其实那天晚上，我是亲眼看见了红琴姐和"换娃娃的"私奔过程的。当时，我正从白塘回来，看见红琴姐的头倚在"换娃娃的"肩膀上,他们一路说笑着,走向远处——远处是通往外面的官道,月光照在官道上,像铺了一层银子。

"换娃娃的"一边走,一边对着月光吆喝着:

"有钩针、剎针、绣花针喽——"

"有红、绿、黄颜色喽——"

白　　塘

　　仲春已过，气候一天暖似一天。白塘边的柳树钻出了嫩芽，柳枝也变得柔软，不再像冬天那样硬邦邦、直愣愣的。塘水很深，水面宽阔，中间却有一个土丘，圆滚滚的，仿佛牧人的帐篷。土丘上长满芦苇，周围散落着白色的鹅毛。灰鸭子和大白鹅在水面游着，不时拧着脖子，将头探进水底，身后留下一串波纹，缓缓散开。

　　年纪稍大的孩子们，放学后常到塘边玩儿。一开始，我不敢去，怕遇上水鬼，后来，胆子慢慢大了，也跟在他们后头，一起玩儿。

　　塘边的草丛里可以捡到鸭蛋，有白皮的，也有绿皮的，白皮的常见，绿皮的不常见。我们一开始见到绿皮的，心里总有些忌惮，不知道是不是坏了的，又担心根本不是鸭蛋，而是吗怪物的蛋。

　　根生叔家的福来说："那没准儿是水蛇蛋，一磕开，里头跑出条小青蛇来。"还说，"水蛇是有灵性的，等它回来，发现自己的蛋被人拿了，能顺着气味儿找到人家里，钻进裤腿或者被窝。"这些话吓得我们后脊梁直冒凉气,头发也竖起来。犹豫再三,只得把绿皮蛋放回原地,又担心手上沾染了蛇蛋的味道,会被大蛇跟踪,便蹲到塘边,在清水里洗了又洗。

夜里做梦,也总梦见蛇,在草丛里飞快地爬,或是伏在树干上,吐着芯子。

福来笑话我们没出息,胆小如鼠。他说,他不怕水蛇。还说,他属龙,是龙王爷的命,龙王爷是谁,是玉皇大帝派来掌管水界的头领,水蛇是小龙,小龙见到龙王爷要躲着走。

福来这么说的时候,抱着肩膀,得意扬扬的。

福来比我们大两岁,他们家的新房就在白塘边,出门就能看见水,福来喜欢水,他说:"我家的房要是盖在水里该多好啊。"

我说:"盖在水里就不是房了,就成龙宫了。"

福来说:"我就要住在龙宫里。"

福来心眼儿多,会爬树,水性也好,是我们当中的孩子王。那时候,我们整天跟在他屁股后头,摔元宝、抽尜尜、弹杏核儿、挖泥鳅。有段时间,我们迷上了"开仗",整天嚷嚷着要占山为王。福来当大王,我们当喽啰。

福来说,他当了大王,就带领我们去跟南街、东街和西街的小孩们"开仗"。

我胆小,怕"开仗",又跑不快。福来想了想说:"那你当军师吧。"我乐意当军师,诸葛亮、徐茂公都是军师,军师不打仗,却料事如神,比喽啰强一百倍,是个威风而体面的角色。

福来说:"将来我们要杀到德州去。"

那是我第一次听说德州,觉得德州是个遥远而繁华的地方,也觉得福来很了不起。后来我才明白,福来之所以知道德州,是因为他的父亲在那里做瓦工。

福来终究没能带我们去"开仗"。春天行将结束的时候,他在白塘捉鱼时淹死了。福来的水性是我们当中最好的,会踩水、扎猛子,还能钻到水底下抓一把紫泥,举在手里向别人炫耀。可是,水性好的福来却淹死了。

那是一个午后,根生婶子正在炕上纳鞋底,福来原本在睡午觉,却突然从炕上爬起来,要到白塘捉鱼。福来去,他的弟弟福全也要跟着。根生婶子嘱咐他们小心点儿。福来说:"放心吧,我是龙王爷的命。"

这一去,就出事了。

福全蹲到地上,哆哩哆嗦地回忆当时的情景。他说,那个中午,他们来到白塘没多久,就看见水面泛起巨大的水花,福来猜测一定是条大鱼,便跳到水里,朝着远处游去。水花越来越远,福来也跟着越游越远。远远地,他好像听见哥哥喊:"龙,龙!"后来,福来忽然沉到水底,不见了。再后来,就没动静了。

村里的大人把福来从水里捞起,平放在岸上。他的样子很安静,午后的阳光照在他身上,使他看起来比平时要白,他的头发整整齐齐,嘴轻轻闭着。他一点儿也不像个死去的人,而像在水里游累了，睡着了。

根生叔从德州匆匆赶回来，第一眼看见福来的尸体，话都没说，就"挺"了，整个人仰面朝天瘫倒在地，身体直挺挺的，像根木头。根生婶子气得直跺脚，骂他窝囊废，软泥扶不上墙。根生婶子忙着把村里的"主财"（董村方言，意指张罗红白喜事的掌班）牛秃子叫来，商量着怎么出殡发丧，棺材的材质，白布买多少，在哪搭灵棚，找吗样的吹鼓班……整整忙了三天，福来躺进棺材，棺材埋到坟里，才算消停。

福来死后，我们董村的小孩儿们都没了主心骨。那些日子，我们总会不由自主说起他，好像他根本没有死，只是暂时去了别处，过几天就会回来。

终究是孩子，没长性，没过多久，我们便把这事忘了。一群半大小子们，照例疯跑着，玩儿着，闹着。只是有件事，我一直藏在心底，白塘边那些我们放回去的绿皮蛋，都是被福来偷偷捡走吃了。好几次，我看见他躲在地沟里，用捡来的柴火烤绿皮蛋吃。

我在很长一段时间里对这件事耿耿于怀，我怀疑就是因为他偷拿了白塘边的绿皮蛋，惹怒了水蛇，水蛇在水底把他缠住，吸走了。不然的话，福来那么好的水性，怎么会淹死呢？

当然，也可能他说自己属龙，是龙王的命，因此得罪了白塘里的龙王。虽然福来属龙，但终究是凡人，而龙王爷是天上的神仙，凡人怎么能跟神仙相提并论呢？

五爷私下里说："福来是被水鬼拉去，当了替身。"

春　　耕

春耕开始了，整个董村都忙起来。

放了一冬的农具，那折了杆的锄头，生了锈的三齿，挂着蛛网的簸箩，发了霉的麻袋，统统拿到院子里，该修理的修理，该打扫的打扫，该晾晒的晾晒。俗话说，一年之计在于春。在董村，春耕是大事。

董村一带的男人，不论平日做着哪种营生，到了农忙时节，都要忙庄稼地的。卖豆腐的也不卖了，打香油的也不打了，劁猪的也不劁了，就连志民家的小卖部，也不常开了。平时做些小买卖，不过为了贴补家用，他们骨子里仍是农民，种地才是主业。

家家户户都忙着春耕：借牲口、买化肥、浇地、出猪圈、撒粪，忙得转不开磨。

唯有麻爷不忙。麻爷不忙，是因为他没地。他原本有一亩多地，但他不种，地就荒芜了，后来交给别家去种了。

麻爷跟我是本家，住我家房前。麻爷没儿没女，独自住着三间土房。想当年，麻爷是娶过一房媳妇的，新媳妇嫌他懒，倒了油瓶也不扶，一气之下回了娘家，他又懒得去找，一来二去，便断了联系。据说，麻爷年轻时，是个不错的小伙儿，长得精神，人也聪明，只是成分不好，划成了富农，属于被打倒的阶级。我那时小，不知道吗是富农，也不知道怎么算被"打倒"。一说起"打倒"，我就想到谷子地里扎的草人，戴着破草帽，披着烂衣裳，身上拴着彩色布条，专门吓唬偷食的麻雀。等到秋后，谷子收完，草人就被拔起来，扔到一边，算是"打倒"了。

麻爷写得一手好字，我们村里墙上的标语都是他写的："一面学习，一面生产；克服困难，敌人丧胆""鼓足干劲，力争上游，多快好省地建设社会主义""计划生育，利国利民"。那些标语已经有些年头了，历经风吹雨淋，土墙变得斑驳，字迹早已模糊不清，如同虫子咬过一样。

写字终究不能挣钱，不当吃，不当喝，因此，麻爷的日子过得十分潦倒。

村里人说他懒，越懒越穷，越穷越懒。他不种地，也不做小买卖。他家的三间土房很旧，窗户纸破了，玻璃也没有，房顶上长满茅草，刮风下雨就那样挨着。平日里大家都下地干活儿，只有他一个人闷在屋里，大门不出二门不迈，谁也不知道他闷在屋里干吗。

他和村里人也没吗来往，谁家婚丧嫁娶、盖房搭屋，他也过去瞅瞅，却不上前，只远远地看着。别人笑，他也跟着笑；别人欢呼，他也跟着欢呼；别人散了，他也跟着散了。

只是，他总归和别人不同。他的衣服又脏又破，头发也懒得洗，油乎乎的，让人觉得腻味。每次见了他，我都远远地躲着走。实在躲不过，就勉强打个招呼，叫声"麻爷"，赶紧走了。

有一次，我放学回家，在胡同里遇见他，照例叫声"麻爷"。正要走，却被他叫住。那天，麻爷刚写完标语，他一手拎着塑料桶，一手拿着刷子。他心情不错，脸上挂着笑。他问我上几年级，作业多不多，平时考试排第几。我懒得回答，我不喜欢他，他身上脏兮兮的，衣服上打满补丁。后来，他说："我教你写字吧！"

回到家，我把这件事讲给父亲。父亲一脸严肃地警告我："以后尽量少和他说话。"

我说："为吗？"

父亲说："他成分不好。"

我问："吗叫成分？"

父亲说："成分说的是你属于哪一类人，人跟人，不一样。"

我问："咱们跟麻爷有吗不一样？"

父亲没有继续往下说，只摆摆手："小孩子不要瞎问，总之以后要少和他说话。"

我被父亲吓住了，再见到麻爷，连招呼也不敢打，便飞快地跑掉，如同见了怪物一般。

收秋了，地里重新忙起来，刨玉米、割高粱、拾棉花，又要耕地、耩麦子。地里忙起来的时候，麻爷便又消失在我们的视线里,他把自己关在屋里,很少出门。偶尔出来走走,弓着腰,戴着"前进帽",帽檐压得很低,像一条巨大的虫子,缓缓蠕动。

秋收结束后,乡里要来检查,村长又安排写标语,麻爷便重新被派上用场,忙碌起来。见到他时,他身上手上沾满了白石灰,头发上和脸上也是。麻爷像个唱戏的,三花脸。

写标语不是个轻省活儿,要站在梯子上,拿着大号刷子一遍一遍地刷,半天下来,胳膊酸疼得抬不起来。麻爷却干得很起劲儿。看得出来,那些日子他是开心的,说起话来嗓门也大,他一边刷,一边告诉旁边的人,吗是楷体,吗是宋体,吗是黑体字。又跟人家讲刷标语的门道:刷子每次蘸的颜料要适中,不能让颜料直接顺着刷子流下来。颜料不要太稀,也不能太稠。要是没有把握一次写好,可以事先用铅笔描出字的轮廓。

人家大多没心思听他说话,只心不在焉地答应着。

等到标语写完,麻爷又闲下来。闲下来呢,就重新把自己闷在屋里,不肯轻易出门了。

我听了父亲的话,忌惮麻爷的"成分"不好,也担心自己会跟他一样,被"打倒",仍旧故意躲着他。他大概发现了我在躲他,有时候,在胡同里碰见,他便远远地把头低下。

我们俩谁都不说话,就这么擦肩而过。

风　　筝

二月二，搓麻线。杨柳青，放风筝。

麦苗返青的季节，人们脱了棉衣棉鞋，换上春装，整个人便清爽起来，眼睛里的光芒也清澈了，走起路来，步子也变轻快了，像踩在云彩上，轻飘飘的。

这样的时节，董村的孩子们常到打谷场放风筝。说是放风筝，其实也不是，因为，大多数孩子并没有风筝，只是到打谷场上去看。所以呢，说是看风筝似乎更贴切。

杨柳青，看风筝。

有风筝的人不多，不过三五个吧。二小有个燕子，喜力有个蝴蝶，杏花也有一个，是吗却说不清，她自己说是蜈蚣，我们觉得不像，越看越像毛毛虫，胖乎乎的，又丑又笨。她的风筝一飞起来，我们就嚷嚷着："毛毛虫上天啦！"边说边笑。杏花也不恼，跟着我们咯咯笑，一边笑，一边拽着风筝跑。我们也跟在她身后，转着圈跑。

跑一会儿就累了，呼哧呼哧喘气，风筝落下来，撂到一边，线也懒得管了，我们索性直接躺下，一条腿搭在另一条腿上，仰头看着天。

二小的风筝是他父亲从县城买的，他父亲是卡车司机，开一辆蓝颜色的"解放"汽车，每隔一段时间，就要到县城去配货，风筝就是从县城的人民商场买回来的。二小的风筝很漂亮，跟真的燕子一样，黑翅膀、白肚皮，飞得高，很稳。二小说他的燕子是凤凰变的。

"蛇是小龙，燕子是小凤凰。龙住在水里，凤凰住在天上。"

二小这么说的时候，我就想到了死去的福来。福来也说蛇是小龙，还说自己是龙王。

喜力的蝴蝶是他大哥喜强送给他的。喜强在石家庄当兵，是连长吧，或者营长，据说能管很多人。喜力说，他哥手里有枪，为了证实自己的说法，他特意拿了几枚金色的弹壳给我们看。喜力还说，有一次他哥回家探亲，偷偷把手枪带回来，并开枪打死过一只麻雀。我们觉得喜力在吹牛，但心里终究有些怕他。在我们的印象里，枪能在很远的地方杀人，是危险又可怕的东西。

喜力的蝴蝶也好看，却飞不高。

二小笑话他："蝴蝶比不过凤凰。"

喜力说："天底下根本没有凤凰！"

二小说："有，燕子就是凤凰变的。"

于是他们俩便吵吵起来，一来二去，喜力急眼了，说："小心叫我哥用枪崩了你！"二小就怕了，吭哧着，脸憋得通红，不再说话。

杏花的蜈蚣不是买的,而是麻爷给她糊的。麻爷疼杏花,他不给别人糊风筝,只给杏花糊。杏花爹死得早,杏花娘独自带她过日子,很难。杏花爹原本是小学的校长,后来跳井自杀了,自杀的原因,谁也说不清。

麻爷糊的蜈蚣虽好,但终究比不过买来的燕子和蝴蝶。纸糊的蜈蚣不但做工粗糙,而且飞不高,慢悠悠的,不像飞,倒像爬,蜈蚣就更像毛毛虫了。

小孩儿们,没长性,看一会儿,就不管风筝的事儿了,有的三五个围在一起,到空地上摔元宝,有的拿树枝在地上画棋盘,玩赶尖儿、斗方、十八个鬼子俩大炮。

看风筝的人里,只有傻铁锁最痴迷。风筝跑到哪儿,他就跟到哪儿,一边跑,一边嘿嘿地笑,一边笑,一边流着口涎。放风筝的人里,他只跟着杏花。杏花跑,他才跑,杏花停,他也停。不管是跑还是停,傻铁锁都不敢靠近杏花。

他离杏花近了,杏花就说:"去去去,傻铁锁,别跟着我!"

傻铁锁咧着嘴笑着,把手指塞进嘴里。

谁都不知道,傻铁锁从哪里也弄来一个风筝,是只硕大的公鸡,彩色的,瞪着眼,昂着头,看起来有些凶恶。

傻铁锁把风筝放到天上去,跟二小的燕子、喜力的蝴蝶、杏花的蜈蚣在一起飞。孩子们追着他们的风筝跑,嚷着:"公鸡吃蜈蚣啦,公鸡吃蜈蚣啦。"

人们说:"傻铁锁喜欢杏花。"

人们还说:"傻铁锁的风筝也是麻爷糊的。为了得到那个风筝，傻铁锁认了麻爷当干爹，还答应麻爷，等他百年之后给他打幡抱罐。麻爷无儿无女，打幡抱罐是大事。"

人们说："傻铁锁其实不傻，这小子精着呢！"

二小后来不去放风筝了，他爹出车回来，总喝酒，喝完酒就打他娘，也打他，他的脸上经常青一块紫一块的。他问喜力，能不能让他哥把那把手枪捎回来，他想崩了他爹。

杏花后来也不去放风筝了，她的风筝被塞进灶膛烧掉了。原因是，村里人都说杏花娘跟麻爷不清不白。想当年，麻爷跟杏花爹关系好，吃喝不分，杏花爹投井自杀后，麻爷便惦记上这对孤儿寡母。谣言传到杏花耳朵里，杏花一气之下，就把风筝烧了。

打谷场上的人越来越少，后来喜力也不去了，他退学了，去了天津，跟他姐做买卖。临行前，他把蝴蝶风筝送给了我。他还告诉我一个秘密，他心里一直喜欢杏花，他去放风筝，其实是为了能跟杏花在一起。他之前说他哥喜强有枪，其实是在吹牛。吹牛，也是因为喜欢杏花。

打谷场上只有傻铁锁的风筝还在飞。

婚　　事

杏花烧风筝的事传出来。我们都替麻爷鸣不平，那么多孩子，麻爷只给杏花糊风筝，她却说烧就烧了。杏花娘过意不去，翌日，蒸了荠菜馅包子，刚出锅的，热气腾腾，拿屉布裹上几个，给麻爷送来，说是新拔的荠菜，尝尝鲜吧。东西放下，杏花娘仍没走，站在院子里，像有话说，却吞吞吐吐说不出口，久了，脸上冒出许多汗珠来。

她犹豫再三，终于说："他叔，有门亲事……"

女方是杏花娘的远房表妹，叫翠翠。模样还算清秀，只是右脚有些跛，说是小时候打针，扎坏了，落下的毛病。

杏花娘解释说："也不耽误干活儿，针线活儿不耽误，生火做饭也不耽误。"

见麻爷没言语，杏花娘又说："翠翠是读过书的，不像俺，土老百姓一个。"

相亲那天，我们都到杏花家去看。屋里人多，我们被撵到外面，却不甘心，在窗户外踮着脚，眼睛紧贴着玻璃，双手拢成括号，往里看。孩子多，你挤我，我挤你。

母亲见状，趁机把我叫到里屋，对众人说："孩子讨喜，来要糖吃呢！"

众人便笑了。翠翠从口袋里摸出糖来，给我吃。

我怯生生的，往母亲身后躲。母亲说："这孩子，平时欢腾得没着没落，这会儿反倒怕生了。"她把糖接过来，塞到我口袋里。

麻爷坐在椅子上，他穿了件浅绿的军装，剪了短发，刮了胡子，看起来比平常年轻许多。他坐在那里，有些局促，眼神也不安生，左瞅瞅，右瞧瞧。

杏花娘说："倒是说话啊，你俩，怎么眼生（意指害羞）起来，相面一样。"

周围人笑起来。

麻爷更局促了，腿微微颤着，搓着手，不住地干咳，勉强问了翠翠几个问题，无非是哪年出生，兄妹几人，读过几年书之类的。翠翠坐在炕上，认真答着。她的声音很小，刚送出嘴唇吧，生怕别人听见一样。她有点儿卷舌，把"大哥"说成"大嘚"，把"两个哥哥"说成"两个嘚嘚"。她自己也意识到不妥，说完了，红着脸，不敢抬头。

他俩都不说话，气氛有些尴尬。

后来，麻爷说了一个笑话，翠翠就笑了，却不敢大笑，捂着嘴，哧哧的。她有两颗龅牙，笑的时候会露出来，她捂着嘴，为的是遮住龅牙。

杏花娘把他们让进另一间屋，说："你们俩单独聊会儿吧，这里人多，嘴也杂，不心静。"

麻爷和翠翠一前一后，进了西屋。

我们也想跟着进去，却被杏花娘喝住，说："小孩子不能进去。"我瞅瞅母亲，母亲也说不能进去。我只好跟臭蛋、二小他们到院子里玩儿。

约莫过了半小时吧，麻爷挑开门帘，先出来，笑呵呵的。翠翠跟着出来，脸通红，嘴角也挂着笑。她走得很慢，一步一步的，很认真，她的跛脚因此看起来不那么明显。

众人又客套了几句，转眼天色将晚，翠翠他们要告辞，人们送到门外。麻爷在最前头，冲翠翠挥手。翠翠也冲他挥手，说："回吧，大嘚！"

这回，她的腿跛得厉害了，走路忽高忽低，像水面上荡着的空瓶子。

惊蛰了，麦子该浇头水了，白地也该耧了。村里人各自忙着，也便忘了麻爷的婚事。

翠翠来过董村两回，住在杏花家。头一回，翠翠来董村，杏花娘约麻爷到她家吃饭，麻爷应邀前往。翠翠给麻爷织了个围脖，深灰的，挺好看。麻爷没吗东西送给翠翠，只说："要多读书，读书有好处。"

翠翠再来董村，杏花娘照例请麻爷去吃饭。麻爷却推说自己要给乡里写标语，不去见翠翠了。

杏花娘便明白，麻爷终究是嫌弃翠翠的跛脚。

麻爷写了封信，托杏花娘转给翠翠。信里写了吗，我们不得而知。只是听说，翠翠看了信，默默地说了句："只怪俺没这福分。"说完，红了眼圈。

翠翠终于还是嫁到了董村，她跟了牛秃子的二小子牛红军。牛红军跟翠翠年纪相仿，脑袋虽秃，却实诚，有力气，种田耕地是把好手。

后来听说，这门亲事是麻爷提的。

牛家跟麻爷是老姑表亲，论辈分，红军应该管麻爷叫表叔。这样一来，翠翠跟麻爷扯上了亲戚。

翠翠嫁到董村后，常跟麻爷家走动，关系倒比以前亲近了。

偷　　窃

　　偷有大小。大偷是贼，偷钱，偷牛羊，偷棉花，偷金银首饰，人们深恶痛绝。小偷也是贼，但跟大偷不同，年纪小，偷的也小，在学校偷铅笔、橡皮、字典、小人书，在家偷零钱、偷戏匣子，值不了仨瓜俩枣，只能算小贼。

　　胖头算小贼。

　　他比我们大几岁，住村西，我们住村北，平时来往不多。胖头名声不好，总打架，欺负人。关于胖头打架，有许多传闻，有人说他腰里缠着链子锁，打急眼了，解下来，朝人家头上砸。也有人说，他曾把乡里的侯三打得跪在地上。还有一次，他被派出所抓去，关在乡政府，后来从窗户里跳出来，跑了。村里的孩子提起胖头，都隐约有些怕他。

　　除了打架，他还"钻屋子"（意指钻到别人家偷东西）。朱掌柜的点心铺，鲁二爷的磨坊，赤脚医生司马真的药铺，他都钻过。抓不住，没办法，只能认倒霉，找人念叨念叨，宽宽心，也就算了。抓住了，就领着找大人，说理去。胖头爹在乡储蓄所上班，虽不是正式工，但整天跟乡里有头有脸的人混在一起，仿佛自己也跟着有头有脸起来。穿制服，戴"前进帽"，钢笔插在胸前口袋里，露出锃亮的笔帽。

胖头偷东西，被人找到家去，当爹的自然脸上无光，却只能赔礼道歉，一遍一遍说好话。把人家打发走了，他就罚胖头，用皮带抽，用木棍打，最厉害的，是用纳鞋底的锥子扎手背，血从肉里滋滋冒出来，仍不松手。

这些事情，是母亲告诉我的。母亲这么说的时候，我下意识地看看自己的手背，心里骤然紧张起来。

母亲还说，别跟胖头玩儿。

清明节前一天，我、喜力、山毛到地里拔麦蒿，正碰见胖头。

他远远地跟我们打招呼，问我们，想不想去祠堂看看。

我们不知道吗是祠堂，站在原地不置可否。

胖头说，祠堂里有好吃的。

喜力问，有人管吗？

胖头说，放心吧，没人管。

祠堂在东街，果然没人管。

正中间供奉着一尊泥塑的神像，神像的模样有些可怜，断了条胳膊，缺了个耳朵，身上布满划痕，左一道、右一道的。

胖头说，那是土地爷，是四旧。

我们问胖头，吗叫"四旧"。他也说不上来，只说，"四舅（旧）"就是你五舅的哥、你三舅的弟弟呗。我们都哈哈大笑起来。

喜力说,见到土地爷要磕头的,便"扑通"跪下磕头。

山毛也跪下磕头。

我也跟着跪下磕头。

胖头哈哈大笑,说你给他磕头也白磕,还不如给九奶奶磕,九奶奶的佛堂里供着的佛是大佛,土地爷是小佛,差多了。

我们磕头的当儿,他围着祠堂转了一遭。然后说,这里不好玩儿,咱们去储蓄所找我爹吧。

储蓄所在乡政府旁边,离祠堂还有一段路。

去储蓄所的路上,胖头从口袋里掏出几块玻璃糖,分给我们每人一块。我们剥开糖纸,把糖块儿含在嘴里,酸酸甜甜的,让人流口水。

胖头问我们,甜不甜?

我们异口同声地说,甜!

到了储蓄所,却发现门锁着。胖头拽了拽锁,没拽动。想了想,到窗户旁边,轻轻一推,窗户开了。他爬上窗台,跳进屋里。又招呼我们进去。我跳进去,喜力也跳进去,山毛不想进。胖头说,不进也行,帮我们看着点儿人,有人来了别喊,只管大声咳嗽。

里头空荡荡的,不过一个立柜、一张桌子、两把椅子、一副算盘、一个脸盆架。

胖头说,他爹就在这核账,他常来这里玩儿,这里的伯伯们对他都很好。

他拉拉抽屉，锁着，又拽拽下头的橱子，也锁着。

最后，他来到立柜前。立柜没锁，打开，里头有个簸箩，簸箩里放着几张吃剩的馅饼。

胖头拿了馅饼，分给我们每人一个，又把剩下的一个装进口袋，说留给外头的山毛吃。

不一会儿，我把馅饼吃完了。我吃得很快，风卷残云，狼吞虎咽。吃完了，又把每个指头含在嘴里，吮吸上面残存的油汁。我说，真香啊。

回家的路上，我和胖头互相揽着肩膀，有说有笑，心里对他充满感激。

当天晚上，储蓄所的人找到我家，来说钻屋子的事儿。

那人说，有人看见了，我们从窗户里跳进去。

父亲问我，有没有这回事。我怕极了，哆哆嗦嗦，一句话也不敢说。问我偷没偷东西，我也不敢说。

那人要求，到胖头家当面对质，把事儿说清。

到了胖头家，我发现喜力也在，山毛也在。当然，他们的旁边跟着各自的家长。

胖头正在挨揍，这一回，仍是锥子扎手背。

胖头跪在地上，把手摊出来，手上已经血迹斑斑。

胖头跪在那里，一声不吭。

喜力悄悄说，他告诉储蓄所的人，他的确吃了馅饼，不过，他说那馅饼是胖头偷了给他吃的。

山毛呢，他说他压根就没进屋子，更没吃馅饼。胖头带给他的馅饼，被他扔在麦地里了，早就化成烂泥了。

父亲问我，我不敢撒谎。对父亲说，是胖头偷了馅饼，给我们吃的。

几天后的一个黄昏，一辆警车驶进董村。我们跑去看热闹，人们说，是来逮胖头的。穿过人群，果然看见胖头，他的手上戴着手铐，两名警察从身后押着他。

他是因为打架被抓的，他把小刘打了，用缠在腰里的链子锁砸中了小刘的脑袋。哦，小刘在储蓄所上班，几天前的晚上，就是他找到胖头家，调查储蓄所失窃的事儿。

经过我身边时，胖头看了我一眼。他还冲我笑了笑，咕哝着问我，馅饼好吃吗？

卖　　艺

董村人把耍猴儿的、练把式的、玩狮帽的、唱大鼓书的统称"卖艺的"。

练把式的常来,耍猴儿的常来,玩狮帽的也常来,唯独唱大鼓书的不常来。对董村人来说,听书是件难得的事。

那个黄昏,喊大喇叭的牛秃子忽然放出口风:"唱大鼓的要来了!"

牛秃子大名牛茂才。秃子是他的外号,其实也不算外号,而是……怎么说呢,他真的是秃子,而且他的秃不是平白无故的,而是祖上传下来的。他的家族里得了秃头顶的病,他父亲秃、大伯秃、二伯秃,轮到他,也秃,他的二儿子牛红军也秃。因为他的这个缺陷,人们自然而然叫他秃子。别人叫他时,他也答应着。时间久了,三里五乡的都知道董村有个牛秃子,反倒忘了他的本名"牛茂才"了。

那时候,牛秃子在大队部当保卫,负责看管存放在大队部里那些公家的东西。也没吗好看管的,不过是一个大喇叭、几台坏了的电机、一箱从旧机器上拆下来的螺丝和螺母。此外,还有一面鼓、一面锣、几副咣咣镲子、几面油腻不堪的红旗。

牛秃子虽其貌不扬，却是董村不可或缺的人物。因为当保卫，村里有个大事小情，都是他先摸着影。喊大喇叭的也是他，大到村里开会、民主选举，小到鸡鸭跑了、钥匙丢了，都要找牛秃子到喇叭上喊一喊。

通常是一早一晚，董村人吃饭的当。喇叭打开，噗噗吹两口气，然后是牛秃子的声音：

"社员同志们注意啦，社员同志们注意啦……"

人们自然会停下来，吃饭的放下手中的筷子，坐在灶膛前烧火的也停下来，喂牲口的从牲口栏走到院子里，端着筛子，侧着头听。

听清了，也就那么回事。便各自忙着各自的活计，烧火的烧火，吃饭的吃饭，喂牲口的继续端着筛子去到牲口栏里。

除了喊大喇叭，牛秃子还担任我们董村的主财，家家户户，红白喜事，都离不了他。尤其是白事儿，买白布，请吹鼓班，请玩狮帽的，置办酒菜，买寿材，他都帮着张罗。

那些年，外头来的卖艺的，总要先找到大队部。牛秃子的话，大半是可信的。

他说唱大鼓书的要来，那唱大鼓书的自然是要来了。

于是，就天天盼着。

见到牛秃子就问："秃子，到哪儿啦？"

答道："到乌马营了！"

过两天又问："这会儿到哪儿啦？"

"到刘夫青了!"

"到门堂村了……"

离董村越来越近,心也跟着躁动起来。终于有一天,说"已经到董村啦"!

忙跑到大队部,踮着脚,从窗户外往里看。却被告知,时候还早,唱书的正在喝茶饮嗓子,想听书要等到天擦黑。

于是,一整天,心里惶惶的、不踏实。做事毛手毛脚、心不在焉的,丢了魂儿一样。身上爬满了蚂蚁,坐也不是,站也不是。只掰着指头,盼着天黑。

黄昏时分,大队门口的广场挤满了人。男的,女的,老的,少的。吃饱饭没事儿,早早就来了。男人们围在一起,抱着肩膀,抽着烟,说着吗。说着吗呢,谁知道呢。大抵是之前听书的经历吧,哪年哪月,董村来了唱坠子的唱山东快书的唱快板的,唱得好不好听,模样俊不俊,又有哪些有意思的人,发生了吗有趣的事。也有些不着调的青年,讲些乱七八糟的段子,有荤有素,说得含含糊糊,笑得也隐晦。

女人们搬着凳子,一边等,一边照看孩子,抱着的、揽着的、领着的。斥责声、吵闹声、打骂声混在一起。

唱书人终于出场了。一男、一女,男的是掌班,约莫五十岁,下巴上留着撮小胡子,见了大伙儿便拱手作揖,说辛苦辛苦。牛秃子挑着拇指称赞卖艺的懂规矩,俗话说,见面道辛苦,千里走江湖。女的呢,有个十四五岁,瘦瘦小小的,营养不良的模样。人却水灵,眼睛大大的,闪着清澈的光。牛秃子叫她"小惠",我们便跟着他叫"小惠"。

掌班管拉弦,小惠管敲鼓、打板儿,也管唱。

唱的吗呢?我们记不清了,也不管不顾了,只围在圈里面,占了好位置,好像占了好位置,就万事大吉了。占了位置,也不能万事大吉。有没占到好位置的,就来抢。心思用在抢地盘上,自然听不清那唱书的究竟唱的吗。

只记得小惠很好看,化着妆,脸很白,嘴唇是鲜艳的红色,身上穿着"老辈子的衣裳"。老辈子的衣裳,不是军装,不是中山装,不是列宁装,而是戏服。小惠穿老辈子的衣裳,很好看。她的嗓子也好,周围的人们都屏息听着。唱到好处,也跟着鼓掌,叫好。

牛秃子坐在小惠旁边,不让孩子们靠近,有打闹到人前的,他就大声叱喝着,让他们走开。在小惠旁边,他像一尊护法,威风凛凛的,我们小孩子便不敢靠前。

那天唱完,村里的朱掌柜把掌班和小惠接到家里住。朱掌柜做点心生意,家底殷实。两人越说越投缘,便结为异姓兄弟,自然是好吃好喝好招待,又给了钱和粮。

掌班跟小惠住到朱掌柜家的当晚,村里便有了闲话。说朱掌柜没安好心,他在打小惠的主意。那时,朱掌柜的媳妇在附近的镇上教书,每半个月回来一次。

第二天,我们看到小惠时,总觉得她跟之前不大一样,究竟哪里不一样,却也说不清。总归是不大一样的,那眼色,那神情,走路的样子,说话的语气。哦,她还穿了件青花图案的旗袍。人们都说，那旗袍是朱掌柜送的。

人们还说，卖艺的吃百家饭，不容易。

晚上，再唱书时，牛秃子照旧坐在小惠旁边，却显得落寞，他不再叱喝我们，也不再威风凛凛，他坐在那里，就像一尊泥塑。

第三天、第四天、第五天……照例如此。

唱到第七天吧，小惠终于跟着掌班走了。唱书的走后，董村人也恢复了往日的生活。

只是，不知道为吗，几天后的傍晚，牛秃子跟朱掌柜在大队门口大吵了一架，两家从此结下仇，老死不相往来。

浇　　地

大清早，牛秃子在喇叭上喊："注意啦，注意啦……"

我还在睡觉，春天的阳光暖洋洋的，总让人犯困。

父亲一早到大队部去了。母亲听到喇叭的广播，赶紧进屋说："快起来，抓阄儿去啦！"

抓阄儿是新鲜事，我一骨碌爬起来，穿好衣服，下炕，麻利得很。

大队部门口围了许多人。屋里挤不下，便在广场上支了张桌子。村支书葛雨仁坐在桌子后头，像戏曲里头断案的县太爷。几个生产队的队长悉数在场，像衙役，跑前跑后地张罗着。

牛秃子也来了精神，大声嚷嚷："静一下！大伙儿静一下！"

我不安生，在人缝里钻来钻去。竟发现几个伙伴儿，山毛也在，喜力也在，二小也在，便围在一起，兴奋地谈论着抓阄儿的事儿。杏花也来了，她跟在她娘身后，我们叫她，她没答应，像没听见，又像听见了，但故意装作没听见。

牛秃子在现场嚷了半天，清点了人数，发现麻爷没来。便叨念着:"提留欠着,农业税欠着,抓阄儿也不来,这是要造反吗?"

这话是说给村支书葛雨仁听的,牛秃子一边说,一边摆出副愤愤不平的样子。

葛雨仁吩咐牛秃子:"再去喊喊。"

牛秃子于是返回屋里,打开喇叭:"注意啦,注意啦……"

麻爷终于来了。"阄"已经做好,队长召集自己队里的社员,宣布规矩,很简单,几张纸片,写上数字,抓到几就排第几。提前说好,人歇井不歇,黑白连轴转,挨到白天就是白天,挨到夜里就是夜里。

抓阄儿开始了。二队的地不按户,按块,队长划分的,一共十二块,每块选一名代表。队长说:"抓到几,当场宣布,老少爷们儿,都指着浇地吃饭,咱谁也不糊弄。"

不是每个孩子都有抓阄儿的机会,那天,山毛没排上,喜力也没排上。轮到我们这一片,人们推举父亲去抓。

父亲对我说:"你去吧,小孩子运气会好点儿。"

我既紧张,又兴奋。问父亲:"抓几好啊?"

父亲说:"当然是1好。"

手伸进纸箱,摸索半天,换来换去,总不满意。

牛秃子在旁边催促着说:"快点儿,快点儿,别磨磨蹭蹭的。"

摸出来,打开看,却是个7。大人们有点儿失望,一共12个阄,7意味着排名靠后,头水肯定要晚了。头水浇不上,麦子怕要减产。

我有些沮丧，跟父亲抱怨，都怪牛秃子催得太紧，不然，一定抓个前三名。

父亲拍拍我的头，说："7也不错。等三五天就能轮上，不耽误事儿的。"

出了点儿状况，五爷和麻爷，一个抓到了"6"，一个抓到了"9"。问题是，两个数字，看起来一样，只是方向不同而已。于是俩人争执起来，都说自己抓到的是"6"，对方抓到的是"9"。

话越说越多，五爷说麻爷根本不种地，地都荒芜了，长满了蒿草，要个"6"也浪费。麻爷则拿五爷被骗的经历说事，说他人心不足蛇吞象，赔了夫人又折兵。五爷虽没念过书，也清楚这几句话不是吗好话。拍着桌子，要跟麻爷理论。

越吵越凶，于是又把两个阄打开，找人分辨，哪个是"6"，哪个是"9"。嚷嚷了半天，却仍是鸡一嘴，鸭一嘴，各说各的理，分不出个青红皂白来。

最后只得支书出面调停，让他们俩再重新抓一次，嘱咐出阄人，一定用大写"六"和"九"。

这回，麻爷抓了"六"，五爷抓了"九"。麻爷高兴地咧着嘴，五爷则有些懊恼，转身忿忿地离开了。

杏花也来抓阄儿了。不过，她手气更差，抓了12号，最末尾，拿着纸片闷闷不乐，眼里汪着泪，快要哭出来。杏花娘只得安慰她："末尾也好，或许要下雨的，下场透雨就好了，省了电费。"

接下去的几天,却一直没下雨,地里干得冒白烟。人等雨,地不等人。麦苗正要拔节,没有水怎么行。浇地成了头等大事。果然是人歇井不歇,一户挨着一户,白天黑夜连轴转。

水井却总出毛病,不是烧了电机,就是坏了水泵,只得连夜找电工修。父亲愁眉不展,出来进去的,总是叹气。吃饭时也说这事,吃完饭也说这事,临睡觉说的还是这事。

2号、3号、4号……当真是煎熬,时间过得真慢啊,像水一样,一滴、一滴、一滴。

麻爷把他的6号让给了杏花娘,自己换成了12号。麻爷说,他不种地,也用不着浇地,6号跟12号是一回事。

村里人都说麻爷傻,不种地,吃吗?麻爷说,大伙儿放心,要饭也要不到各位家门口。

杏花娘浇了地,麦苗重新泛出绿色。随后,我家也浇了地,麦苗吃上水,变得绿油油的。父亲的眉头总算舒展开。

我心里总有些不平,为的是没能抓到靠前的号,手气差,险些误了一年的收成。

后来才知道,事情没那么简单。抓阄儿前,支书葛雨仁指使牛秃子,在"阄"上做了手脚,让自家和几个生产队长排在前头。

五爷得知此事,到大队部闹了一通,嘴里骂骂咧咧的:"这帮混蛋玩意儿,没他妈一个好东西!"

上　供

麦子开始灌浆，该浇二遍水了。机井却突然抽不上水来，找打井的大老郑来修，说是水位下降，地下水够不着了。人们说，有吗法？大老郑说，没吗法，等老天爷可怜吧。看这架势，要闹灾。

往后的日子，天越来越热，地越来越干。

太阳炙烤着田野，到处白茫茫一片。庄稼也没有生机，蔫了吧唧，病恹恹的。白塘的水越来越少，裸露出的泥土很快干涸，皲裂出手指宽的缝隙，横七竖八的。黄狗懒得动弹，趴在门洞里，吐着舌头，呼哧呼哧喘气。

牛秃子坐在大队屋里，怀抱着戏匣子，见有人从窗前过，便从窗户里探出头来：

"天气预报说啦，没雨！"

来人便叹口气："唉，娘的！"

那些天，人们到乡里赶集，带来更坏的消息。

"漳卫新河干了，几十年一直有水，今年却干了。河堤上有大脚印，不像人，也不像牲畜，像龙爪。"

"大安村跟小安村的人打起来了,为的是抢河沟里的水浇地,打急了眼,动起镐头来,派出所都出动了,听说抓了不少人。"

"刘夫青没水了!"

"乌马营没水了!"

大队会计李凤梧说:"照这情形,真是要遭灾了。"

果然遭了灾。先是五爷家的水井干了,一瓢"引水"倒下去,没动静,一筲"引水"倒进去,仍没动静。五爷只好到屋后的拴柱叔家挑水。没过几天,拴柱叔家的水井也干了。几家人合伙,往地下挖个大坑,把井口往下伸,人跳进坑里压水,总算有水了,却不是清水,都是黄泥汤子,抬回去,在水筲里澄半天,把清水倒进水缸,筲底剩下一层厚厚的泥沙。

又过了几天,坑里的水井也压不出水,整个村的水井都干了。人们用铁筲、大盆、塑料桶到白塘拉水。没两天,白塘也干了。

九奶奶从集上买了松香、蜡烛、黄纸,回来路上,嘴里念叨着:"让我看看,仙家有吗说法儿,这天儿,旱得蹊跷。"

这几天,村里的女人们常到九奶奶家的佛堂里看香。问水,问雨,问这旱灾的来由,问吗时候这灾能去。却吗也看不出,香烧得四平八稳,香火柔,香头亮,不像有灾的样子。

九奶奶对前来烧香的人说:"怕是个怨恨深的,改天摆个鸡鱼供看看!"

待到十五月圆夜,杏花娘、五娘娘、根生婶子、三娘娘一干人等，照例买了点心、葡萄、桃、瓜子等供品，到佛堂上供。

炒了青菜，炖了鲤鱼，撕了烧鸡，又把水果、点心一并摆到供桌上，点了香，烧了纸，磕了头，这才坐下吃饭。

众人围着九奶奶，说起家长里短，像是一家人。九奶奶喝了几盅酒，脸变得通红，说话时嗓音渐渐大了，口齿却含混不清。众人又陪她喝了几杯，便有些醉，低着头，晃着肩。过了会儿，忽然醒来，把手掌举向头顶，伸伸懒腰，打了个悠长的哈欠。便像换了个人，眼里布满血丝，声音也粗起来，模样不像从前那么娇弱，倒是勇武了不少，乍看上去，像个男人。

五娘娘说："仙家上身了。"便问，"这是哪路仙家？"

九奶奶不说话，只嘿嘿地笑。众人便逗她："别总傻笑，说句话啊！"

这才说："姓白。"

众人便说："白仙姑！"

九奶奶又不说话，嘿嘿笑着。

众人便和那仙家说起话来，问孔二爷他老人家怎样，胡仙姑又去了哪儿，三月三烧去的香火可曾收到。白仙姑是个亲近的仙家，只是不大会讲话。别人问她，她只说，都好都好。再问起来，就不说话了，嘿嘿地笑。

又继续喝酒。众多仙家，白仙姑是擅长喝酒的，也喜欢喝。别人敬她，她不推辞。别人不敬她，她也端起酒盅，喝得爽快。

喝多酒的白仙姑，像个小孩子，翻来覆去地只说一句话，要人行善，别杀生，杀生是不行的。人们问她话，便一律答，记得，记得，都好，都好。

午夜时分，酒喝得差不多，众人脸上都露出倦意，白仙姑也要回去了。

回去，驾风，回山复命。果然就刮起了风。

这才记起"鸡鱼供"的主旨，是要问旱灾的。

根生婶子嘴快："白仙姑，先别走。吃饱了，喝足了，该看看这灾了，旱了这么长时间……"

白仙姑大抵是喝醉了，头脑有些不清楚，耳朵也不好使，瞅着根生婶子，一副懵懂的样子。再问，便不再说话，伸了个懒腰，又打了个长长的哈欠。

五娘娘说："白仙姑回山复命了。"

九奶奶趴在桌上，睡着了。良久，醒过来，抬头看看周围的人，长出一口气，说："点香！"

再点上香，九奶奶静坐着，看着松香慢慢烧。这回，那香烧出的烟却不是平稳的，而是左右摇晃。香灰没有立即掉进香炉，而是朝下弯着，冒出黑乎乎的烟。

一炷香烧完。九奶奶对根生婶子说："黄神白仙黑是鬼，你家水底下那个大的，不甘心呐！"

"大的"是福来，开春时去白塘摸鱼，掉到水里淹死了。

根生婶子愣了，问九奶奶："怎么破？"

九奶奶说："把福来的衣服烧了，天亮以前，朝着东边。"

根生婶子迟疑一下:"都烧了?"

九奶奶说:"都烧了。"

根生婶子鼻子一酸,泪水在眼眶打转,却终于点点头。

第二天,天还黑着,有人看见根生婶子背了一包衣服,走到村东口。火很快烧起来,火光中传来根生婶子呜呜的哭声,她边哭边念:"我那受了屈的孩儿啊!"

祈　　雨

九奶奶从佛堂拿了些供品：两只烧鸡、一挂香肠、两条半大鲤鱼，想了想，又把案头的一瓶白酒装进篮子，一并提了，来找杏花娘。

杏花娘正在自家菜园里除草，那畦韭菜本已枯黄，杏花娘不得不推着独轮车，到西街的亲戚家推水浇菜，又施肥，又拿虫，宝贝般地伺候着。这几日，这韭菜竟缓过来，长得碧绿挺直，连菜畦里的谷谷苗、热蔓草都长旺了。

九奶奶隔着篱笆招呼她："嗬，这畦菜长得，啧啧。"

杏花娘站起身，问九奶奶："有事儿？"

九奶奶说："没，没事儿，哦……有点儿事儿。"

却吞吐起来："俺这半截入土的人了，照理说……"

转而又说："呃，从香上看，这旱灾一时半会儿退不了。"

又说："福来那小子，心真硬，他是想着，让爹娘都出去讨饭呢？"

又数落起根生家的："根生家的有私心，再三嘱咐她，都烧了，偏不听。棉衣棉裤烧了，单衣单裤烧了，背心儿烧了，却偷偷留了双布鞋。找她论理儿，她还不承认，只说那鞋不是福来的，是福全的。喊，虽说俺岁数大了，眼可不瞎，福来多大脚？福全多大脚？俺好糊弄，仙姑也好糊弄？"

又说："白仙姑生气了，一生气，不管咱这档子事儿了。仙姑多忙啊，求子的、看病的、换童子花姐的，天天排队等着，咱怎么再让她老人家操心？"

九奶奶说："杏花娘，村里让咱寡妇们去扫湾，十二个人，她们都上了年岁，唯独你年轻，你看这事儿……"

"女人难啊，在家没个做主的，在外也让人瞧不起，扫湾，就是把咱的难处给老天爷看呢。"

九奶奶说着，鼻子一酸，眼里竟沁出泪来。

杏花娘始终不说话，也不抬头，继续在菜园里拔草，任凭九奶奶自说自话。

九奶奶站在身后，继续说："俺知道，你心里有疙瘩，解不开。杏花爹死得屈，俺也知道。冤有头，债有主。仙姑说了，造孽的，该遭报应的，下辈子投胎个牲口，耕地拉磨，干苦力。眼前的事儿，是大事儿。不能再旱了，再旱下去，会死人的。"

杏花娘拔完草，到水缸舀水，洗了手，对九奶奶说："九奶奶，你回吧。"

九奶奶不甘心，又是一番开导，杏花娘不搭话，也不松口。九奶奶没办法，只得叹口气，悻悻离去。

九奶奶走后，杏花娘却出了门，拐弯去问麻爷。村里人

·48·

说，当年麻爷跟杏花爹是铁杆儿，杏花爹临死前嘱咐，遇事跟麻爷商量。

麻爷思虑良久，最后只说了句："去吧，人祸也是天灾，天灾也是人祸。"

第二天一早，杏花娘找到九奶奶，告诉她，扫湾的事儿，算她一个。

农历五月二十八，日历上写：宜祭祀、祈福、动土、开光。

大队会计李凤梧找到支书葛雨仁说："扫湾吧。"

雨仁问："没别的法子？"

李凤梧摇摇头。

走在前面的是村里的壮丁：仓哥和贾爷抬着大鼓，麻爷敲鼓，五爷敲锣，冯老鸹手里端着供品紧随其后。牛秃子也在人群中，忙前忙后地指挥着。他头戴草帽，敞着怀，大声说着话。天气闷热，脸上身上都是汗涔涔的。

锣鼓声起，旋即喧闹起来。

十二个寡女人，大都是村里上了年岁的，却穿了绿袄红裤，头上插了花，脸上抹了粉，手里拿着黄纸、柳条和罐头瓶，罐头瓶里装满水。杏花娘搀着九奶奶走在队伍里，也插了花，抹了粉，手里也拿着黄纸之类的物件。

边走边念："天也干，地也干，十二寡妇来扫湾。龙王爷，把雨下，直下得小雨灌满了河，大雨漾出了湾。"

周围簇拥着女人和孩子们，孩子们说笑着、打闹着，女人们也说着、笑着，时而指指戳戳，时而把嘴巴凑到别人耳朵旁，低声说话。

根生婶子没在队伍里，贾娘娘去叫她。她沉着脸说，不去，一群老太太，擦胭脂抹粉的，丢人现眼。贾娘娘碰了一鼻子灰，却摸不着头脑。思忖了半天，才想起，几天前，红霞那小丫头说的，旱灾是因福来而起，根生婶子自然不肯去。于是喃喃自语："也不知为得哪出，真是猫舔狗鼻子——自讨没趣。"

队伍长，走得缓慢，像嫁女，又像出殡。女人们一边走，一边拿柳条蘸水，洒到白塘。

锣鼓声一声紧一声，麻爷跟五爷一个比一个敲得卖力，较劲儿一般。

"咚咚咚！"

"锵锵锵！"

"咚咚咚！""咚咚咚！"

"锵锵锵！""锵锵锵！"

牛秃子仰天高呼："三天下，唱大戏！五天下，莲花大供！"

锣声更紧了，鼓声也更紧了。

十二个寡妇边走，边把手里的黄纸点着，扔到身边，又拿柳条蘸水，淋到脚下的土地上。冯老鸹将手里的供品抛向天空，孩子们追着去捡、去抢。

女人们照例念着："十二寡妇扒阴沟，下雨下得漫海州，大河满，小河溜，今年庄稼大丰收。"

又是一阵锣鼓喧天。

牛秃子沙哑着嗓子喊：

"三天下，唱大戏喽！五天下，莲花大供喽！"

"三天下，唱大戏喽！五天下，莲花大供喽！"

行至水井旁，锣鼓声渐渐小了。

牛秃子指挥队伍停下，九奶奶把捏好的一条面龙扔进水井，冯老鸹也把余下的供品统统扔进水井，又烧纸，磕头，行大礼。

十二个寡妇围着井边转圈，口中念念有词，反复折腾了大半晌，这才消停下来。

第二天，根生婶子放出口风，说福来昨晚托梦给她，一天刮风，两天响雷，三天后大雨漫灌。还说，福来个子长高了，也胖了，白白净净的，手里提着红灯笼，身下骑着条大金鱼，像年画上走下来的一样。

三天后，果然电闪雷鸣，下起雨来。

白天下，晚上也下。

晚上的雨看不见，只能听见。雨来时由远至近，听声音，像千军万马，从远处奔来。渐渐闻到雨水的味道了，土腥味儿，夹杂着热浪，从纱窗钻进来。接着是哗啦啦的雨声，紧凑的，密实的，跟黑夜一样，无边无际。

白天的雨能看见，时密时疏，下得猛时，雨点砸到地上，溅起灰尘，灰尘飞到半空，又被雨滴击落，于是，天地一片昏黄。下得稀时，滴滴答答的，似有似无，趁这空当儿，拿镰刀到菜畦割些韭菜，包饺子。说好的上供，不能食言。供奉上天，也犒劳自己。

隐隐约约，能听到空中回荡着鞭炮声，欢天喜地的，像过年。

根生婶子说："看，没错吧，福来就是这么说的。一天刮风，两天响雷，三天大雨漫灌。"

村里人点头称赞，又说起福来生前的诸多好处，说他"终究是董村的崽子，知道心疼祖宗和爹娘"。

侉　　子

雨停了，天晴了。屋檐上的水流到院子里，院子里的水汇成细流，流到马路上，再沿着马路，流进水簸箕，流进白塘。水簸箕下头，形成小瀑布，像丝绸，很好看。

我们穿着塑料凉鞋，到水簸箕上踩水，让水从脚底流过，又软又痒。也到水边，用瓦片打水漂，瓦片在水面上轻盈地蹦跳着，如同可爱的精灵。

我和臭蛋、喜力、二小、福全一拨儿，杏花和玉凤一拨儿。傻铁锁自己一拨儿，我们不跟他玩儿，他也不跟我们玩儿，只从远处看着，不时拿袖子抹鼻涕。

杏花的凉鞋坏了，只好脱下来，拿在手里，光着脚蹚水。

臭蛋见了，说：

"下雨喽，冒泡喽，王八戴着草帽儿喽！"

"下雨喽，撒花喽，王八光着脚丫儿喽！"

我们也跟着这么说。

杏花听见，急了，举着凉鞋追我们。我们嘻嘻哈哈地跑，边跑边继续笑话她。

杏花追不上，却一不留神滑倒在地上，满身泥水。她索性把凉鞋扔在一边，坐在水里，蒙着脸，呜呜地哭。玉凤老实，不知如何是好，只站在旁边，急得直跺脚。

傻铁锁凑到杏花身边，把鞋捡起来，递给她，又捡块砖头，拿在手里，瞪着眼，凶巴巴地看着我们。

我们再嚷，傻铁锁竟把手里的砖头朝我们投过来。

我们虽躲过砖头，但心里终究有些怕了，一边嚷嚷着，一边疯跑了。

几天后，村里的电线杆上，有人用粉笔写了这样一句话："傻铁锁跟杏花搞对象。"

字迹歪歪扭扭，不知是谁写的。人们看了，议论纷纷。

"搞对象"跟"跑了"一样，在董村，这话可不能随便说，说了，名声就坏了。黄花闺女，名声比命还金贵。

杏花娘找到铁锁家讨说法。大抵是，别让傻铁锁缠着杏花。人在气头上，说话也难听，一口一个"傻子"，一口一个"不害臊"。铁锁娘被说得无言以对，只得用拳头捶打铁锁，嘴里说："叫你没出息！叫你没出息！"

闹腾半天，杏花娘才消了气，沉着脸往门外走，边走边嘟囔着："喊！也不照镜子瞅瞅，癞蛤蟆想吃天鹅肉。"

铁锁家与杏花家关系不和。想当年，杏花的祖上是地主，铁锁的祖上是他家的长工，两家关系原本不错。土改时，铁锁的爷爷分了杏花爷爷家的地、房屋和牲口。从此两家结下仇怨，婚丧嫁娶，互不往来。

傻铁锁原本不傻，十三岁那年，去牲口市看公牛配种。第二天，嘴歪眼斜，口吐白沫，疯了。平日里，总跑到大队部门口蹲着，遇到女孩子从他身旁过，就追着人家跑。有段时间，铁锁娘不让铁锁随便出门，怕他惹是非。铁锁不肯，偷偷跑了两回，被铁锁爹捉回去，一顿狠打。打得甚了，就躺在地上，嘴角淌白沫，浑身抽搐成一团，像烧焦的塑料。后来，傻得更厉害了，不认人，见谁都往人家身上吐唾沫。别人呵斥他，他只嘿嘿笑。

人家逗他："傻铁锁，给你说个媳妇，咋样？"

他就连忙点头。

那人又说："那你叫声爹，就给你去说媒。"

他便管人家叫爹。

那人又让他学狗叫，他就学狗叫；让他在地上打滚儿，他就像个轱辘一样，在地上滚来滚去。

这些天状况好些，铁锁娘放他出去，千叮咛万嘱咐，却仍惹出祸端来。

送走杏花娘，铁锁娘兀自抽泣半天，又是委屈，又是心疼。想起赤脚医生司马真说的"好歹找个媳妇吧，不然，这孩子就毁了"，心里一阵翻腾。

回到屋里，跟铁锁爹商量："要不，买个外来的？"

铁锁爹抽着烟，不言语。良久，点点头。

掌灯时分，铁锁娘从炕毡下摸索着找出钥匙，打开炕柜里的木匣，从木匣里拿出一沓钱。铁锁娘把钱摊平，攥在手里，

· 55 ·

又不放心,到灯下数了数,确认没错,才装进口袋,去找冯老鸹。

冯老鸹把钱拿在手里,往掌心吐口唾沫,数了一遍。他数得用力,把每张钱捻成两张一样。数完钱,用牙齿咬了咬小指旁钻出的六指,朝地上吐口唾沫,"呸"了一口,说:"老嫂子,不够,再凑点儿吧!"

铁锁娘慌了神,说:"他叔,咱是本家,一笔写不出两个冯。这么多年,老一辈少一辈的交情……"

冯老鸹说:"猫有猫道,狗有狗道。脑袋别在裤腰里,吗滋味?"

铁锁娘到底是女人家,一时无言以对,又不甘心,只搓着手,赔着笑。吭哧半天,不知如何是好。最后喃喃地问:"添多少?"

冯老鸹晃了晃六指。

铁锁娘迟疑了半天,问:"不跑吧?"

冯老鸹说:"这批是越南的。越南,知道吗?几千里地,又侉,跑不了,跑了也能追回来。"

"越南……能瞅一眼不?"铁锁娘念叨着。

冯老鸹说:"按规矩,不能。有心要的话,就带你瞅一眼。老一辈少一辈的,好说好商量。"

铁锁娘跟在冯老鸹身后,拐弯抹角,来到偏房。透过门缝,果然见三个女人,坐在地上。披散着头发,胳膊上、脸上都是伤,见有人来,女人站起身,用力拍打木门,嘴里咿咿呀呀地叫喊着。

铁锁娘听不懂她们的话。

冯老鸹用力咳嗽两声，弯腰拾起地上的木棍，朝里头砸去，女人们顿时安静下来。

铁锁娘说："那个高个儿，花衣服的……"

冯老鸹嘿嘿笑着："老嫂子，好眼力！"

铁锁娘问："吗时候领人？"

冯老鸹伸出三个指头："三天，钱凑齐了，一手交钱，一手交货。"

铁锁娘问："有名儿不？"

冯老鸹说："叫她秀芝吧。"

铁锁娘点点头，出了院门。却仍不放心，转回身来问："不跑吧？"

冯老鸹嘴角撇了下，微微笑着，晃了晃六指，没说话。

骂　　街

有段时间,我们迷上了摔元宝。下了学,来不及回家,就把书包扔在一边,到大队门前的空地上摔元宝。

一个说,走啊,来元宝去!

另一个说,来就来!

来元宝讲究扇、撇、拱、砸。近的扇,远的撇,大的拱,硬的砸。

我们都乐意跟金坡玩儿。他的胳膊受过伤,来元宝时使不上劲儿,拱、扇、砸、撇都不方便,因此输多赢少。更重要的是,金坡的爸爸是学校的民办教师,他家里有许多杂志,金坡的元宝是用杂志叠成的,赢回去拆了,可以看上头的故事、谜语和各种趣闻。

我赢过金坡的一个元宝,拿回家拆开,上头是《扑克列车奇案》,讲火车上一个神秘的黑衣乘客被人杀害,地上只有一摊水,这是唯一的线索。探长根据线索排除了列车员、刀疤乘客和长发女郎。可惜故事只有一半,最终是谁杀死了那个神秘乘客,我也不得而知。

胖头赢得最多,他比我们大两岁,爱捣鬼,摔元宝时故意穿大褂子,兜风,容易赢,有时还用指头拨拉或是用嘴吹气。金坡也不在乎,输光了,便从地上拾起书包,说,等会儿,我回家拿,谁都别走啊。不一会儿,果然又拿来厚厚一沓。

到底有输干净的时候。个把月工夫,金坡新叠的"八大金刚""天下太平""神通广大"统统输掉了。到最后,连牛皮纸的"齐天大圣"也输给了胖头。更令他沮丧的是,他爹发现他拿杂志叠元宝,把他骂了一顿,说,好好的书给拆了,败家子!索性把杂志统统锁在抽屉里。

金坡没了本钱,只能眼巴巴看我们玩儿。有时也跟着参谋,怎么来能赢,该拱还是该扇。金坡说话时嗓门儿很大,急赤白脸的,比玩儿主还着急。

没了本钱的金坡成了胖头的跟班儿,胖头玩元宝时,他在屁股后头摇旗呐喊。有时胖头赢了,会分给他几个,虽然都是些破的、薄的、旧的,金坡仍觉得高兴,拿在手里仔细端详,像得了宝贝。

作为回报,金坡用杏核儿磨了一枚哨子送给胖头。胖头很高兴,把赢他的那个"齐天大圣"也还给了他。

金坡和胖头成了好朋友。放学后,我们常见他俩一块儿在村里晃荡,拧柳笛、挖泥鳅、做弹弓、弹杏核。金坡成了胖头的影子,胖头走到哪儿,他就跟到哪儿。

那段日子,村里正搞选举。候选人里有陆宝阵,还有何胜难。陆宝阵是金坡的爸爸,何胜难是胖头的爸爸。金坡的爸爸说自己有文化，村里的孩子大部分是他学生。胖头的爸爸说自己有门路，认识乡里的某某某。两人明争暗斗，互不相让。有一回在大队部门口碰面，竟然动起手来。金坡爸爸的眼镜被打得稀碎，鼻孔淌着血，胖头爸爸的胳膊上留下一道绛紫色的牙印，头发也被扯掉一撮。

那场激烈的争斗后，金坡跟胖头再也没有一起玩儿。金坡在背后说，胖头玩元宝的时候要赖，总拿衣裳扇风，还用手指拨拉，他赢的那些元宝应该统统还给他。胖头则一气之下把金坡送他的杏核儿哨子扔进猪圈，还对别人说，金坡把好端端的杂志都叠成元宝，简直是个败家子。

在村里，陆家跟何家成了宿敌。大年三十晚上，胖头家的窗玻璃被墙外扔进去的砖头砸碎了，胖头怀疑是金坡干的，跑到他家门口骂了半天街。

走　　亲

姥姥家在芦庄子。那时候,每到暑假,我都跟母亲一起,到姥姥家住段时间。

母亲不会骑车,只能步行,她胳膊上挎个篮子,里面装着槽子糕、布鞋、苣苣菜之类的东西。母亲胖,身子沉,走得慢。我跟在她身后,踩着她的影子,尾巴一样左摇右摆。

进了村口,便忍不住冲到前面,飞奔到姥姥家,隔着门洞喊:"姥姥!姥姥!"

姥姥正做针线活儿,从窗台看见我,一边答应着,一边笑吟吟地迎出来,把我揽在怀里,轻轻捏我的脸蛋儿,笑得合不拢嘴。我从姥姥怀里钻出来,围着院子四处转悠。大舅栽的枣树,二舅喂的黄狗,屋檐下的燕窝,新打的粮囤,一切都是新鲜的。良久,母亲才徐徐赶到,把篮子里的东西一件件摆到炕上,又拿起姥姥的针线活儿,装回篮子,说,你眼花了,这细活儿做不来,还是我来吧。姥姥争执着,说不打紧,戴着花镜,还能应付。母亲执意不肯,说,你啊,累了大半辈子,老了也闲不住。便聊起家常来:秀琴姨结婚谁去送嫁,随多少礼金；四姥爷耩地时被牲口伤了肋骨，该去家里探望一下；金章姥姥上个月过大寿，光酒席摆了四十多桌，可真够风光了。

说着说着，日头就转到头顶。姥姥看看桌上玻璃罩里的马蹄表，恍然道："哎哟，净顾着说话，都十二点了，赶紧做饭，孟毛一定饿坏了！"

午饭吃凉面，面条由姥姥亲手擀制，筋道有力，下到锅里蒸腾出浓浓的麦香。西红柿鸡蛋卤是最常做的，这是母亲的拿手好戏。黄瓜是大舅从屋后的菜园里新摘的，顶花带刺。芝麻酱是二舅从王家香油房现打来的，酱汁稀软，香味扑鼻。醋由东街牛家醋坊酿造，虽是家庭作坊，却是祖传手艺，解放前的老字号了，方圆几十里的人都知道。

一家人都在忙。姥姥和母亲忙着灶台上的活计。小姨坐在台阶上剥蒜、捣蒜。大舅在牲口栏给牲口饮水、拌草料。二舅蹲在黄狗身边，帮它捉虱子。黄狗懒懒地躺在阳光下闭目养神，尾巴在地上甩来甩去，暗红色的肚皮露在阳光下，很享受的样子。

二舅喜欢狗，姥姥常说他，见到狗比爹娘还亲。

唯有我跟小舅插不上手。小舅便找根树枝，在院里的枣树下教我画画。小舅比我大几岁，那时正读初中。他的学习成绩一般，却唯独擅长画画。他画画没受过专业训练，全凭自学，见山画山，见水画水。画树梢的公鸡、屋檐下的麻雀、屋顶的烟囱、天上的云，也画书本上见过的事物，北京天安门、飞机、坦克、五角星。

小舅在地上画一个叼着烟斗的老人。问我,知道鲁迅吗?我说,知道。小舅说,像不像?我连连点头。小舅让我对着画,又教我怎么起笔,怎么构图,怎么划分尺寸比例。我却怎么也画不好,画来画去,怎么看怎么别扭。再看着小舅的画作,心里更是艳羡不已。

吃过饭,母亲陪着姥姥在里屋唠嗑,大舅二舅忙地里的农活儿,摆弄着牲口,下地去了,小姨有午睡的习惯,躺在姥姥旁边睡得香甜。姥爷无所事事,一个人坐在门洞里,听戏匣子里讲的评书。那时,姥爷在村里当会计,算是村里比较体面的人。他胸前口袋里常插一支钢笔,行走离不了这戏匣子。

我不睡觉,也不想听母亲她们唠嗑,心里只惦记着跟小舅出去玩儿。果然,没多久,小舅便从窗外探出头来,悄悄向我招手,示意我出去。母亲也不阻拦,只嘱咐小舅,别跑太远,早点儿回来。

我和小舅答应着,人早跑到院子外面了。

粘知了、摔元宝、弹杏核,各种玩意儿,一下午不重样。

回到家,天已黑下来,母亲嫌我回去晚,说,玩起来就疯了。我朝她吐吐舌头。她要赶回董村,问我,住姥姥家,还是跟着一块儿回去。我说,住下,住下。母亲便叮嘱我,听姥姥话,别去池塘边,也别去井边。我嘴里答应着,心却不知道飞到哪儿去了。

晚上,小舅不在家住,而是住到村里的变电所。问我去不去,我乐得跟着。小舅便领着我,往变电所走。

说是变电所，其实只是村里的一间库房，里头存放着电机、钢丝绳、铁筲之类的物件。墙壁斑驳破旧，床头贴了几张旧报纸，报纸上用钢笔画了一幅画，两个武林高手，一个在前面逃，另一个在后面追，逃走的人转身打出一枚飞镖，还有旁白。一个说，哪里走，另一个说，看飞镖！画得活灵活现，想必出自小舅之手。除了我和小舅，屋里还有三个人：红新舅舅、海龙舅舅和小福哥哥，都跟小舅年纪相仿，在潞灌中学读书。几个年轻人关系要好，便约了一起出来住。

小福哥哥的父亲是村里的电工，房子钥匙由他拿着。

见我眼生，他们便跟我闹着玩儿。小福哥哥把手电筒塞进我被窝里，说，给你根冰棍儿解解馋。海龙舅舅给我讲《五鼠闹东京》，背评书里的外号：御猫展昭、钻天鼠卢方、彻地鼠韩彰、穿山鼠徐庆。红新舅舅话不多，只刮着我的鼻子念叨着，外甥狗，外甥狗，吃饱了就走。

夜越来越深，我却兴致颇高，躲在蚊帐里，跟他们你一言我一语地逗。

一直聊到夜深，他们都困了，话不像开始那么多，声音带着倦意。海龙舅舅打着哈欠说，睡吧睡吧，明天给你讲一个更好玩儿的。我却睡不着，望着黑洞洞的屋顶出神。墙角蟋蟀的叫声此起彼伏，远处间或传来几声狗叫，在寂静的夜里格外清晰。

大概是变电所常年没人打理，过于阴暗潮湿，第二天，我身上竟起了许多米粒大的红疙瘩，又痒又疼，忍不住想挠，又不敢挠，怕中"手毒"，中"手毒"很麻烦，会感染，还会留下伤疤，须在手腕上系条红头绳，还要时刻提防"走线"。"走线"更吓人，毒气在全身血管里乱窜，血都变成黑色，一旦"走线"，神仙也救不了。姥姥急坏了，连连后悔不该让小舅带我去变电所，吩咐二舅到药房拿了药水，涂上，又买了消炎药，让我口服。当天晚上，红疙瘩退去了，姥姥却再不让我跟小舅去变电所住。

暑假结束前，母亲来接我回董村。我有些不舍，跑到院子里转悠，摸摸这，瞧瞧那，抱着黄狗亲了又亲。黄狗仰头瞅瞅我，摇着尾巴，在我腿上蹭来蹭去。

母亲说，这孩子，玩着玩着就野了，不想回去了。

我一肚子委屈，眼里含着泪，快要哭出来了。

小舅往我口袋里塞了件礼物，让我猜是什么东西。我猜不中，就打开看，是一盒蜡笔，便高兴起来。小舅又说，等到寒假你再来，咱们一起去放电影。

等到寒假我再去姥姥家，小舅却没在。问姥姥，小舅呢？姥姥说，去外地干活儿了。我问，干吗活儿？姥姥说，跟着你二舅学瓦工。我问，小舅不上学了？姥姥说，不上了，认得自己的名就行啦，光顾着上学，谁挣钱啊？

我没再说话，嘟着嘴，心里说不出的难受。那个寒假，我没在姥姥家住，当天便跟着母亲回了董村。

鱼　　事

姥姥家的水缸里有两条鱼,都是鲤鱼,有尺八长,其中一条通体鲜红,十分漂亮,像新娘子。另一条是灰色的,个头比红的小,但看起来更壮实,心里便觉得它是红鲤鱼的丈夫。

我问姥姥,鱼怎么会有红的。姥姥说,原本也不红,老了,就变了颜色。

那鱼确实够老了,有多老呢,我不记得,似乎打我记事起,它们就在水缸里了。算起来,应该跟我年龄相仿。我对姥姥说,我跟那两条鱼平辈,灰的是表哥,红的是表嫂。

姥姥说,亏你想得出来。

我跟母亲去姥姥家,总惦记那两条鱼,一进门,就跑到缸台旁,掀开缸盖,说,表哥表嫂,我来看你们啦!缸里的水是满的,很清凉,它俩原本在水底趴着,见了我,晃着尾巴游上来,吐几口泡泡,像跟我打招呼。我就趴在缸台上,问它们最近过得怎么样,水里的虫子够不够吃之类的。

姥姥在一旁笑得合不拢嘴。

小舅赶集回来,买了几个西瓜,拿指头弹了弹,挑出一个，镇到水缸里。西瓜沉进水里,"扑通"一声，鲤鱼受到惊吓，在水里翻腾着，泛起大水花。过一会儿，西瓜浮起来，在水上漂着。鱼也安静下来，绕着西瓜转圈。

中午吃凉面。姥姥家吃面讲究，西红柿鸡蛋卤、芝麻酱、花椒油、黄瓜、蒜汁、醋、香菜，一应俱全。饭桌上也热闹，大人们说着他们的事儿，小孩子们插不上嘴，便拌好面条，端了碗，到枣树下吃。

吃完饭，我跟小舅拿着竹竿去屋后的柳树上粘蝉，母亲跟姥姥她们在里屋说话。

等我们回来，通常已是后晌，母亲跟姥姥仍在说话。小舅从水缸里捞出西瓜，切开，挑一块大的给我，说，来一块，大外甥！

傍黑儿，母亲要带我回家。我跟姥姥告别；跟小舅告别；又跑到水缸旁，跟两条鲤鱼告别，说表哥表嫂，我回家啦，你们吃好喝好玩儿好，过几天再来看你们。

鲤鱼沉在水底，没搭话。

那一年，六月二十四，是关公的生日，下了一天暴雨。母亲担心姥姥家的旧房禁不住雨淋，有危险。雨一停，便带我一起去探望。房屋完好，虚惊一场。只是水缸里的红鲤鱼不见了，只剩了那条灰的。我问姥姥怎么回事。姥姥说，那条红的死了。我问，怎么死的。姥姥说，谁知道呢，兴许是老死的吧，鱼跟人一样，总归要死的。我说，姥姥属王母娘娘的，长生不老。姥姥就笑了，说，剩一条孤零零的，怪可怜，过几天再买一条，撒到缸里。

过几天再去，姥姥并没有买到新鱼，而原先那条灰的竟也死了。

后来，姥姥再没提买鱼的事儿。再赶集时，却买了两张一模一样的塑料画，画上有个白白胖胖的娃娃，怀里抱着金红的大鲤鱼，画旁印着几个字：年年有余。

姥姥把其中的一张给了我，另一张自己留下，说，你一张，我一张，回去贴到墙上。

那张画在墙上没贴多久，村里忽然谣言四起，说生产塑料画的厂子里有人感染了可怕的瘟疫，画上可能有毒，要全部烧掉。一时间，家家户户都陷入恐慌，树林里、荒地上、土堆旁都是塑料燃烧后的痕迹。母亲犹豫了许久，到底还是把墙上的画揭下来，烧了。

倒是姥姥家那幅《年年有余》，一直贴在日历旁，没有动过。只是多年过去，有些褪色，画上的红鲤鱼不再鲜艳，看起来灰蒙蒙的。

姥姥没上过学，但她是个明白人。她很喜欢鲤鱼。所有鱼里，就数鲤鱼最周正、最贵气，这话是姥姥说的。

卖　　棉

秋收后,卖棉是大事。卖棉要到三十里外的乌马营棉站。

清晨,云爷早早套了骡车,载着打包好的棉花往棉站去。他侧身坐在车辕上,大声呵斥着牲口,将系着红缨的鞭子甩得啪啪作响。那匹枣红骡子便撒开四蹄,一路奔腾起来。

车上装了几包棉花,有云爷家的、贾爷家的,也有我家的。云爷是种棉大户,种的多,收的也多,棉包大且结实,鼓鼓囊囊的,棉朵从布包缝里挤出来,像胀开的大石榴。我家的棉花比云爷家的少,棉包不大,只能算个小石榴。贾爷家的棉包最小,中秋节前,贾爷曾卖过一回棉花,卖棉的钱用来还春播时欠下的饥荒。贾爷家条件不好,孩子又多,吃喝拉撒都是开销,一年到头剩不下仨瓜俩枣。逢着春播,买种子、买化肥,浇地耙地,要靠借债接济生活。贾爷的棉包空荡荡的,且多是"红棉花"。"红棉花"是从坏棉桃里剥出来的,属于劣质棉,价钱要比正常的棉花低不少。

父亲和贾爷骑着大架子车,跟在骡车后头,边走边说着话。我、中义、喜力分别躺在自家棉包上,双手枕在脑后,看着天上的云彩，棉包一样，又肥又厚。

路上不断遇见邻村的卖棉人，套着牛车的，套着驴车的，都是慢腾腾的。也有骑着车子的，车架上载着小山似的棉包，用力踩着脚蹬子，身体几乎从车座上站起来。

我们就在后头催促云爷："快，快，超了他！"

云爷甩着鞭子喊声："嘚儿！驾！"

那骡子听了吆喝，一阵猛奔，果然就把对方甩到后头了。

我们在骡车上拍着手，兴奋地大呼小叫。

抵达乌马营不过头晌，棉站门口却早早排起长队。卖棉人将牲口拴在路旁的柳树上，自顾自倚在棉包上，慵懒地打着哈欠。几个上了年岁的老者，在柳树下抽烟，簇头低声说着吗。

云爷卸了车，将骡子拴到树上，跟贾爷一起，随着前面车辆慢慢向前挪动。

父亲到前面打听情况，回来后摇着头说："降了，一级棉才一块零五分。"

云爷熄了手里的卷烟，愤愤地说："往年都是秋后涨价的，偏偏今年就变了行市！"

父亲说："谁知道，今年就邪性了。"又问贾爷："你上次卖的吗价？"

贾爷说："一块一毛三卖的。不一样，李凤梧早卖几天，听说卖了一块一毛五呢。"

云爷听了更是沮丧，嘴里嘟囔着："一斤少卖一毛钱，几十块就这么白白地打水漂了。"

日头转到了头顶上，卖棉的队伍并没往前挪动多少，我们的肚子却饿得咕咕叫。

云爷说："找个饭馆儿吃饭吧，仨孩子都饿了。"

便在附近找了个饭馆儿。我和父亲要了两屉"长官包子"，外加一盆蛋花汤。云爷和中义各要了碗羊肉烩饼。喜力想吃包子，贾爷给他要了一屉，说吃吧。自己却吗都没点。云爷问他，他只说吃不惯外边的饭，总觉得有股邪味儿。于是，径自到门外抽烟去了。

那顿饭，我们吃得心满意足。吃完包子，又喝光了鸡蛋汤，我擦着嘴上的油花，不住地打着饱嗝。中义则拍着自己的肚子说："撑死我了！"

只有喜力不说话，桌上的包子他只吃了一小半，他也学着中义的样子，拍着肚子说："哎哟，撑死我了！"后来，他把剩下的包子给了贾爷。贾爷吃了一个，又把包子给了喜力。

我们吃完饭，重新回到卖棉的队伍里。旁边不断有人过完秤，结了账，三个五个地赶着空车离开。也不断有人载着满车的棉花，排在队尾。来晚的多是邻县人，他们说，是一早顶着星星来的，到这里，终于还是晚了。我们看到，他们的车上带着油毡、塑料布和棉被，定然是准备在此过夜的。

我和喜力、中义无所事事，从路旁捡了石子跟木棍，玩儿"十八个鬼子俩大炮"。

时间过得飞快，转眼间，日头偏西了，前面的队伍仍然很长。父亲去问了几次，得到的答案都是一样的——等着。

父亲问:"今儿个能不能排上?"

棉站的人说:"不知道。"

父亲再问,人家只挥挥手说,到后面排队去。

云爷说:"要不就回去,明天一早再来?"

父亲没说话,贾爷说:"再等等吧,好不容易来了……"

天终于黑下来,地上起了露水,空气里湿漉漉的。几只野鸟在夜幕下盘旋,枯草里有不知名的虫儿在吱吱地叫。

我们几个孩子没了兴致,渐渐疲倦了,不住地张大嘴巴打哈欠。父亲说,不许睡,荒郊野外,睡着了会"丢魂儿",便讲些故事哄我们。大都是戏文里的:姜太公卖面、十二寡妇征西之类的。我们瞪着眼,听父亲讲戏,听到高兴处,不断插话,为故事里的人物担忧。

终于还是困了,父亲把我们几个安排在棉花包里,把身上的厚衣裳盖在我们身上,说睡吧睡吧,丢魂儿了,叫九奶奶帮你们喊回来。

我们躺在棉花包上,沉沉地睡着了。棉包柔软,透着淡淡的清香,我们把脸贴在棉花上,就像睡在云彩上。隐约地,我还做了一个梦。梦见自己在一片云彩中跑来跑去,身边有花花绿绿的风筝,一伸手就能够着。喜力骑在风筝上,中义也骑在风筝上。他们手里拿着鞭子,大声呵斥着风筝……

半夜时分,我们忽然被叫醒,说:"起来起来,验棉花了。"

我们迷迷糊糊地从车上下来,也不知道是几点钟,只记得天上的星星格外亮,月光清冷,照得四周白茫茫一片,我们站在那片银白的空地上,仿佛到了另一个完全陌生的世界。

验棉花的是个留着寸头的胖子,他的手掌胖乎乎的,指头短而粗,说起话来特别冲,像吃了枪药。

云爷、贾爷和父亲合力把棉包从车上抬下来,摆到台秤的称重板上。云爷抱拳,有些讨好地说:"受累了,受累了。"

又给对方递烟,恭敬地点上。

胖子抽了一口烟,努努嘴,云爷便将棉包解开,胖子抓了一把,拿在手里看了看,说:"一级。"

又将秤上的数记下来,撕了张纸交给云爷,说:"下一份。"

云爷领了纸条,又说:"受累了,受累了。"

我家的棉花定了二级,理由是棉花潮湿,品相差,碎叶子也多。父亲争辩说,潮是潮了点儿,但绝对是"一喷",定二级太吃亏了。那人却不答应,挥挥手说:"下一份。"

父亲只好接了纸条,到一旁去了。

轮到贾爷时,出了点儿状况。胖子说贾爷的棉花是"红棉花",不肯收。

贾爷不服气,从棉包里抓出一把,在手里撕扯着,说:"哪里是红棉花嘛,就是白棉花,着了雨,显红,也是'一喷',不影响出籽棉。"

胖子也不说话,只翘着腿,半闭着眼睛,像是睡着的样子。

后头有连夜排队的卖棉人,也围上来看,低声说:"红棉花,差不了,这样的棉花站上是不能收的,自己留着吧。"

贾爷便冲上去,跟人家理论,说:"不是红棉花,是白棉花,只是着了雨。"语气却沉下来,不似刚才那么硬气。

最终,贾爷也没能卖掉那一小包棉花。人家说,要卖也可以,只能给三毛五一斤。

贾爷想了想,终究没舍得卖。

回去的路上,骡车在夜风中飞快地奔驰。车里只剩下贾爷的一小包棉花,显得孤零零的。

我和中义没了睡意,指着天上的星星,说哪颗是北斗星,哪颗是天狼星,哪颗是织女星。

喜力坐在车上,一句话也不说,呆呆的样子,像丢了魂儿。

搞　　　活

树哥在县城跑运输，回到村里，张罗着要在村东开个炼油厂。

他到打谷场找到宝来，跟他说，经济搞活了，赚钱不能使蛮劲儿，要动脑子。盐山、孟村那边建了好多厂子，冰片厂、五金厂、弯头厂、围板厂，多得像这场里的麦秸垛。有道道的都当上了老板，吃香的喝辣的，跟皇帝老子一样。

树哥低声说："宝来，跟哥干吧！保准你一年挣到这个数。"树哥摊开巴掌，在宝来眼前晃了晃。

打谷场人多，这些话他是悄悄对宝来说的。他嘱咐宝来，千万别告诉旁人——闷声才能发大财。

宝来不识字，更不懂得吗是经济搞活，他也从没去过盐山和孟村。他是个脱坯匠，每日里就在打谷场脱砖坯。农村有四大累：打墙、脱坯、生孩子、和大泥。脱坯是累活儿，和泥、脱坯、晾坯、刮坯，一圈下来，累得人脱层皮。宝来却不嫌累，他从十六岁就开始干这行。脱坯好，不费心，没本钱，稳赚不赔。宝来觉得，脱坯是世上最好的职业。

树哥笑话宝来没出息，井底的蛤蟆，看不到天。又给他讲一些新名词，什么剪刀差啊、开放式经营啊之类的。说着说着，见宝来没兴趣，便说，算了算了，跟你说了等于白说。

宝来不说话，任凭树哥怎么说，他只闷着头继续干活儿。

树哥待了会儿，觉得没意思，悻悻地走了。

树哥的炼油厂是在半个月之后开始动工的。跟他干的一共三个人：立星叔、三肥和李小。立星叔是树哥的堂叔，在县肉联厂当过理货员，算是见过世面的。他常看报，晓得国家的最新政策，树哥说经济搞活，他说知道知道。树哥说剪刀差和开放经营，他也说知道知道。树哥邀他入伙，他没犹豫，说，你小子跟叔想到一块儿了。

三肥是树哥的把兄弟，树哥跟他说，发财的事儿，自然先想到亲近的人，跟我干吧！保准你一年挣到这个数。

三肥当晚就把消息告诉了他的朋友李小，李小于是也要加入。为此，树哥还埋怨三肥，说他嘴上没个把门的，跑风漏气，不懂得闷声发大财的道理。

三肥觉得委屈，说，你自己说的，发财的事儿，要先想到亲近的人。李小跟我一块儿给生产队放过猪，有感情嘛！

说是厂，其实就是在村东的荒地里垒起的灶台。树哥用卡车从外地拉来废料，三肥跟李小负责烧火炼油，立星叔是技术员，负责查看温度、调试"设备"。

村里人见他们在野地里炼油，觉得新鲜，便七嘴八舌地议论起来。

丑爷说，小树这家伙脑子活，这回是要干大事呢。当下便找到树哥，问他炼油厂还缺不缺人手，需要的话，他随时可以过来帮忙。

李凤梧劝丑爷别想那歪门邪道。他说，庄稼人还是要种地的，歪门邪道不能走，咱们董村开过面粉厂、粉条厂，以前还有过一个砖窑，最后还不是都没成事儿。没成事儿不说，还欠了一屁股债。咱们土老百姓，发家还要靠多种棉花多养猪才行。又问旁边的云爷，你说，对不对？

云爷说，这咱可说不准，咱要说得准，早发大财喽。

三肥娘往工地送去了菜团子，回来后，跟村头的妇女们说，你们不知道，烟囱里冒出的烟是香的，比香油还香。

李小家的也附和着说，是香的，就像麦乳精的香味儿。

女人们自是一阵啧啧赞叹。

九奶奶却担心树哥的炼油厂建的不是地方：那可不是荒地，那是乱坟岗，闹日本鬼子的时候，村里死了不少人，二小的爷爷、金坡的爷爷都葬在那片。

三肥娘不乐意听，就埋怨九奶奶乱说话，又说，她听村里的老人说过，二小的爷爷和金坡的爷爷是葬在"东天边"，炼油厂打老辈子就是荒地，根本不是乱坟岗。

那些日子，树哥在村里无疑是风光的。他常骑着车子往返于自家和炼油厂之间。遇到村里人，他就主动打招呼，从口袋里掏出烟卷递给人家，说抽支烟，爷们儿。

他在村里留下大方好客的名声，人们提起树哥，都说他是村里的"出头"。人们说，小树这孩子，打小就灵透，三岁看老,错不了的。

树哥的炼油厂开得风风火火,三肥、李小走在村里,一副趾高气扬的模样。尽管树哥一再告诫他们,要注意自己的举止,但是他们仍忍不住地晃着脑袋,好像他们的脖颈上装了隐秘的开关,现在,那些开关失去了控制。

那些天,董村人议论的都是关于树哥的话题,他们学着树哥的口吻,说起搞活,说起剪刀差,说起盐山孟村的厂子,他们对那些话题添油加醋,使它们看起来真实又符合逻辑。他们也说炼油厂,炼油厂上空飘荡着黑灰色的烟,烟的味道却是甜的,这多奇怪。

正当人们对树哥的炼油厂充满期待时,那个傍晚,却突然传来一个重大消息——炼油厂爆炸了!

作为爆炸现场的主要目击者之一,云爷在后来很长一段时间里,仍沉浸在巨大的恐惧中。在各种场合,他不断地对身边人重复着这样的话:"他娘的,砰,就炸啦,一团火球飞到天上去啦!"

当然,后来的日子里,由于人们的询问接连不断,云爷也不得不对自己的描述加以增补和修改。

"爆炸前,我听到了叫声,"云爷说,"真的,就像牛叫一样,哞哞哞,然后呢,天上下来一道白光,像子弹一样射到地面,油罐就炸了。"

不过,云爷很快否认了自己的说法:"不,不是牛叫,也不是羊叫,也不是狼和狮子,像是……龙。"

云爷这么说的时候,声音在轻微地颤抖,他的眼睛瞪得溜圆，有时他会下意识地往天上看，然后，他哆哩哆嗦地说："砰，就炸啦！"

立星叔跟三肥当场炸没了影，空地上只有一件破烂衣裳，人们在旁边的玉米地里找到一只布鞋，一截血淋淋的残肢横在布鞋旁。李小身上起了火，烧成黢黑一团，被人连夜送到医院，不过，总算保住一条命。

那个傍晚，我跟在大人身后，赶到事发地去看热闹：空旷的田野里一片狼藉，空气里满是呛人的油泥的味道。拖拉机突突地冒着浓烟，车斗里坐满了人，不断有人跳上车，又有人跳下车，哭声、喊声响成一片。受伤的李小被围在中间，他的身上裹着条旧棉被，因为隔得远，我看不清他的模样，也不知道那时他是否还活着。

事后，树哥不再跑运输，他给每家赔了一笔钱之后就离开董村，去外地打工了。

村里人不知道他去了哪里，他离开董村，很多年没有再回来。此后很长一段时间，树哥年迈的老娘不得不独自应对那些上门讨债的人，她说："你就当他死了吧！"

宝来娘逢人便说，多亏宝来没跟着小树干，不然也给炸没了。还是脱坯好，脱坯能保命。

九奶奶说，乱坟岗可不能乱动，地下埋着祖宗，天天用火烤着，不出事才怪。

三肥娘跟立星婶子守在一起，每日里哭个不停。

牛秃子说："搞活搞活，都他娘的给搞死了！"

顶　　替

过了冬至，一天比一天冷。

白塘的冰差不多冻到一拃厚了。有人打白塘边路过，随手捡起块砖头扔到冰面上，只留下碗口大的印记，砖头却弹起老高，滑溜到远处去了。嘴里便不住地咋舌，赞叹着这冰有多厚，天有多冷。等到第二天，那砖头也冻住了，冰面长出个红色的大疙瘩。

白塘成了我们的乐园。那些日子，我和喜力、山毛、文亮常结伴到冰上抽尜尜、打滑溜。冰面上有许多人，有北街的，也有东街的。几个年纪稍大的，跟我们不熟，只记得有个叫柱子的，其余都叫不上名字，因此并不来往。

我们在这边玩儿，他们在白塘的另一头，大声叫嚷着，风头盖过我们。

山毛说："他们在逗傻李八呢。"

我们朝那边望去，果然见几个人把李八围在中间。

山毛说："走啊，看傻李八去。"

我们便走到那边去。

李八正蹲在地上,用一把刷子在头发上刷。

山毛悄悄对我说:"李八又往头上抹油了。李八最爱往头上抹油,黄油、墨汁、猪油、香油,吗都抹。"

我仔细留意他的头发,果然是黑亮的,整整齐齐地向后掫着,太阳一照,发出金色的光。

我头一回听说有人往头上抹这些东西,心里有些恶怵,又觉得新鲜。

柱子带头嚷嚷着:"八爷,给大伙儿打趟拳!"

李八便在冰面上撂开场子,打起拳来,一边打,一边叨念着口诀:"拳似流星眼似电,腰如蛇形脚如钻……"

冰面滑,站不住脚,打着打着就摔倒了。

柱子说:"八爷,功夫不到家啊,脚底下也抹油了?"

李八不服气,站起来,顾不得身上疼,接着打拳。

一趟拳打下来,跟头趔趄的,摔三四回的也有,摔七八回的也有。

他们又起哄,说:"八爷,来个老太太钻被窝。"

李八就把双手扶在冰面上,学着老太太的模样,猛地向前滑去。

他们就开心地笑起来,有的抖着肩膀,有的捂着肚子,有的笑得站不稳当,干脆蹲在冰面上,嘴巴仍大大地张开着。

李八也跟着笑,一边笑,一边往掌心吐口唾沫,胡乱抹在头发上。

李八是南街人,原名叫李书贤。他原先并不傻,他不但不

· 81 ·

傻，还是我们董村出了名的好学生。董村中学的老师们都说，李书贤考中专是手拿把掐的事儿。那时候考中专是多少人的梦想啊，一旦考上中专，国家包分配，毕业了直接是非农业户口，吃公家饭的。

别人考中专比登天还难，李书贤考中专却是手拿把掐，简单得就像从口袋里往外掏东西。

老师说，多少年啦，没遇到过像李书贤这么聪明的学生，看看人家，脑子里装的都是知识，再看看其他学生，脑子里一团糨糊。老师还说，要是李书贤考不上中专，整个董村中学的学生，有一个算一个，谁都甭想考上。

结果，中考那年，李书贤不出意外地考上了南方一所水利中专，结果呢，时间一天天过去，录取通知书却迟迟不到。到后来才知道，他被人给顶替了。考学的是他，上学的却成了另一个人。他找到学校，学校说是县里的问题。找到县里，又说是提档案时出了差错，让他再考一年试试。

李书贤没办法，只得扛了板凳去复读。心里却始终解不开这个疙瘩，一来二去，脑子出了毛病，傻了。

傻了的李书贤举止也变得反常。

数学老师讲勾股定理的证明方法、椭圆方程式，他从书包里掏出个猪尿脬，吹起来在桌上玩儿。

语文老师讲《永不忘记》，说"王翔要去上大学了。他考试的总成绩是477分，被科技大学选去了"。

他握起拳头，捶打着课桌，大声嚷嚷："这帮狗×的！"

后来索性在课堂上放了一把火,把自己的课本、练习册、作业本、字典全烧了。

他没了书本,便不再去学校上学,每天只在家里对着镜子里的自己发呆。头发长了,也不去剪,越来越长,长成了鸟窝。于是便往头发上抹油,一开始是卫生油,后来猪油、黄油、墨汁都往上抹。

学校没办法,只好让他退学。家里带他去医院看过,也到佛堂让九奶奶看过,都无济于事,家里也就不再管他,任凭他四处晃荡着。

李八的状况时好时坏,好的时候能跟人简单交流,只是听不得别人跟他提考学的事,一提脑子就受刺激,乱发脾气,骂人,也打人。

进了腊月,我们开始准备期终考试,作业渐渐多起来,放了学要默写生字、背诵课文,还要写算数,做应用题、解方程式。

我很少再去白塘抽汆汆。

山毛倒是常去,他贪玩儿,作业也不写,课文也不背,只要一放学就跑到白塘去。他跟柱子他们混熟了,也跟着一块儿逗李八。回来后,他会把有关李八的消息告诉我。

"李八又往头发上抹东西了,这回是蓝黑的钢笔水,谁知道他从哪儿找到这东西,他把钢笔水抹在头发上,怎么能抹得匀呢,这个傻瓜,弄得脸上也是,脖子上也是,花里胡哨的。"

"李八不给我们打拳了,他开始给我们上课,讲圆周率、平行四边形、梯形和扇形,也讲天上的星星,金星、木星、火星、天王星、海王星、冥王星,还有太阳系和银河系。这个傻子懂得可真不少,啧啧。不过,我们都懒得听,谁有工夫听他讲那些狗屁玩意儿。他还真把自己当成老师了。"

"柱子让他去学校偷东西,他让李八去偷期终考试的卷子。这个傻瓜竟然真去了,他撬开了校长的办公室,不过,他并没有找到试卷,他只给柱子拿回来几盒粉笔。"

"你知道为吗他这么听柱子的话吗?因为柱子答应傻李八,只要他听话,就帮他找回他的录取通知书。"

"柱子当然是骗他的,他哪有这本事。可是,傻李八却当真了。天天像个尾巴一样,跟在柱子屁股后头。看来李八也不傻,他还盼着能去上中专呢!"

后来,山毛不去白塘了,山毛被李八打伤了。据说,李八之所以动手打人,是因为山毛把事情的真相告诉了李八。他对李八说,李八,别听柱子瞎说,他是哄你玩儿的,你不可能再去上中专了。

他们俩当场就在冰上厮打起来。结果山毛的手掌骨折了,送到乡卫生院,医生给他打了厚厚的石膏。那些日子,山毛见到我,总举着白色的大手问我,你看我这手掌,像不像狗熊?

李八摔得更重,好像摔到了后脑勺,直接摔蒙了,在冰上躺了半天,直到天黑才爬起来,晃晃悠悠地走了。

接下去的日子,我们开始忙起来,忙期终考试,忙寒假作业,也忙着领下学期的新书。村里人也都忙着扫房、蒸馒头、置办年货,准备过年。

关于李八的消息越来越少,谁都不知道他去了哪里,后来的状况怎样。

因为忙,我们再也不去白塘了。白塘的冰依然很厚,冰面上的砖头瓦块越来越多,岸边的柳树枝子横七竖八的,我们便更不愿靠近了。只有那么一回,我从白塘路过,无意间看到一个熟悉的背影,他在冰上坐着,弯着身子,把头埋在双腿间,一动不动。

时间是清晨,白塘上雾气昭昭的,他的背影看起来遥远而模糊。

收　　税

冬天的集市要比平时热闹得多。

卖甘蔗的，卖白馃子的，卖豆腐饼和豆腐干的，他们在往常是很少见到的。在春秋季节，他们都要下地，忙地里的农活儿，极少出来摆摊。

他们一出摊儿，往往就是冬天了。

天冷了，沿街的户家泼出的洗衣水，流到街上，街面便结了冰。

孩子们拉着手，在冰上打滑溜，尖叫着，嬉笑着。一不留神摔倒了，仰面朝天的，几个孩子拍着手笑。摔倒的也不在意，拍拍屁股起来，接着滑。

大人们穿上了厚重的棉袄棉裤，将手揣在袖子里，鼻尖却冻得通红，耳朵也通红，快要冻掉了。脚在原地不停地跺着，一边跺，一边说话。

不论是谁，一开口说话，嘴边总是哈出许多白气。冬天里，人人都成了喷云吐雾的怪物。

卖冰糖葫芦的老郑，戴了狗皮帽子，帽扇撂下来护住耳朵，两根细绳系住下巴，围得严严实实，只露出窄小的狐狸般的脸。草把子上插满糖葫芦，橘子的、山楂的、香蕉的，还有苹果和山药豆的，花花绿绿闪烁着，在阳光下恣意乱颤，像戏曲里头皇后头顶的凤冠。

老郑也不到别处去，只把车子支在十字街。见有大人领着孩子从旁边过，就大声叫卖：糖葫芦哎，糖葫芦哎！

孩子拽住大人的衣裳，不肯走。大人果然就停下来，走到老郑的摊前说，老郑，来串山楂的。

老郑就答应着，挑了那糖多果儿大的，用钳子夹了，递给那人。

买主拿了糖葫芦，转身给了孩子。那孩子便伸出舌头，在金黄的糖片上舔一下，把那甜味连同口水一并咽进肚子里，咂着嘴，憨憨地笑了。

人们说，老郑你可真会做买卖，见着孩子就扯开喇叭嗓子吆喝。

老郑说，老少爷们儿捧场，可怜我这老头子，赏口饭吃，这是行善积德呢。

遇到日子艰难的，孩子又嘴馋，就便宜着卖，三毛的卖两毛，两毛的卖一毛五，说，什么挣钱不挣钱的，让孩子们解解馋就行。

众人便挑起大拇指，说，老郑真是个买卖人。

那个冬天，老郑的儿子二来开始到集市上敛钱。

二来穿了制服，戴了大檐帽，胳膊底下夹着账本。来到别人的摊儿前，二话不说，从账本上撕下一张，说，交税。

大多是两毛的，也有三毛的、五毛的。卖杂货的、卖布的属于大买卖，还要贵些，一块。

卖年画的要一块五。

都是小本生意，牙缝里挤出来的钱，自然是不愿意给，于是便在集市上吵起来，打起来。

二来是不怕打架的，他年轻的时候，因为打架进过派出所。董村人都知道他是个混不吝，不惹他。

外村人不明就里，也有跟他论理的，问他："收的吗税？"

二来说："做买卖的税！"

那人问："谁让收的？"

他说："政府让收的。"

再多问，就急眼了，骂骂咧咧的，催促着，掏钱掏钱，别废话。那人不给，他便伸手去抢秤盘子，抢不过来，索性抓一把韭菜或是茴香之类的，装进随身带的布兜子里，走了。照样骂骂咧咧的，说人家不识抬举，牵着不走，打着倒退。那人吃了亏，嘴上却不依不饶，就回嘴，骂他干缺阴丧德的差事，骂他不得好死。

他却再也不理这茬儿，径直去下个摊位敛钱了。

二来大抵是这样的人，有钱的就要钱，要不来钱的，便顺手拿人家东西：菜要拿，花生大豆要拿，盘子碟子碗也要拿，对联年画也要拿两套卷起来，夹在胳膊下头。

人们见到老郑，就跟他告状，说二来太不像话，做的都是老婆孩子的事儿，拿不到台面上来。

老郑见到二来就训他，拽住他不让走，要说出个道道来。爷儿俩在集上吵吵起来，旁边围了不少看热闹的人。老郑犟不过二来，从口袋里掏出一把钱，摔在地上，说："收税，先收我的！"

二来果然就拿了钱，装进口袋里。

老郑扯着嗓子，冲周围喊："老少爷们儿，你们给做个见证，从今儿个起，我再不是二来的爹，二来他是我爹！"

说完，竟"扑通"跪在地上，给二来磕起了响头。众人拉着，好说歹说，劝回家去。

有一回，父亲赶集卖木作回来，有些闷闷不乐。母亲问了半天，他才说起，是二来要跟他收税。二来说，不交税可以，但是要送个板凳给他。

那个下午，父亲和母亲为此发生了争执。父亲的意思是，送个板凳给二来，图个安生。母亲却舍不得，说谁的钱也不是大风刮来的，凭吗白白送人？

争执的结果是父亲占了上风。那个傍晚，他拎了个新板凳走出家门。我是看着父亲走出门的，父亲出门前，我叫了他一声。他回过身，拍拍我的肩膀，吗话都没说。

接连几天，父亲和母亲一直处于冷战的状态，他们谁都不理谁，谁都不跟谁说话。母亲好像病了，她躺在炕上，闭着眼，昏昏沉沉的。父亲则显得忧心忡忡，出来进去，我听到的只有他的叹气声，唉！

大概过了三天吧,三天后的清晨,老郑忽然来到我家。老郑来到我家,这是稀罕事。他平时可没来过我家。他拿了十块钱交给父亲,说是替二来给的板凳钱。

父亲推辞不收,说,一码归一码,二来不懂事,不能让你担着。

老郑说,郑家缺了大德,出了这么个混账东西。他这是造孽,能偿的,我尽量替他偿。等我这把骨头偿不了,还不动了,还得请董村的老少爷们儿多担待……

故事发展至此,基本告一段落。后来,老郑不再去赶集卖糖葫芦,他换了个营生,到处收废品。人们见了他,不叫他卖糖葫芦的老郑,而叫他收破烂的老郑了。

二来死于第二年夏天,他是掉进白塘淹死的。有人在岸边发现了他的尸体,因为天气炎热,尸体已经腐败,早已辨认不出原来的模样。

丧事办得很简陋,整个葬礼上,老郑极少露面。只委托牛秃子,说吗事儿都听他的,都由他做主。

埋了二来的当天,人们都散尽了,天黑下来,老郑独自跑到坟上,大哭了一场。

要　　饭

隆冬腊月，天寒地冻。

大地像巨大的磨盘，光滑，冰冷。风从远处的田野吹进村庄，吹到电线上，发出呼哨般尖锐的响声，吹到院里的老榆树上，吹得细枝扑簌簌落下，吹到人脸上，刀割一样。

这样的天气里，人们很少出门，多半是躲在屋里说话。

这时，门洞里忽然传来喊声："好人哪！"

那声音沉闷，含混，略带沙哑，我们便知道是张十来要饭了。探头望去，果然见一个黢黑的人影，拄着木棍，挎着布袋，佝偻着身子，木讷地站在那里。

母亲说，张十来要饭了。

张十是西街人，脑子不好使，有点儿傻，董村话叫"灌过牛黄丸"。

别人问他，张十，你是哪儿的人？

他不说话。

那人又问，张十，你几岁了？

他也不说话。

再问，张十，问你吗你都不言语，是不是傻？

他就急了，抡起棍子追人家。

于是，人们在他名字前加了个"傻"字，叫他傻张十。

除了傻，张十的模样也有些吓人。他的头发又长又乱，脸上满是污垢和伤疤，他的手背像是生锈的铁皮，几根指头黑而粗糙，如同干枯的树枝。

董村人吓唬哭闹的孩子，就说，嘘，别哭啦，傻张十来啦。

或者说，再闹，把你给了傻张十，跟着要饭去。

那哭闹的孩子果然就安静下来，即便还哽咽着，眼角淌着泪，却再不敢出声了。

春天和夏天，我们很少见到张十来要饭，唯有等到秋末，庄稼收完了，耩了麦子，地里不忙了，张十就出来要饭了。

往往是在晌午或是傍晚，一家人正围在饭桌前吃饭，听见他在门洞里喊："好人哪！"

他是只在门洞里的，他几乎从不进到人家院子里。他只在门洞里喊，喊完了，就站在原地，垂着手，低着头，等户主拿吃的出来。通常是棒子面的饼子、窝头，也有棒子面跟白面混合做成的"发糕"——"发糕"舍不得给一整个，只掰一半给他。都没有的，就抓把花生或者小枣之类的，打发他走。

给吗他都收下。棒子面饼子、窝头收下，"发糕"收下，花生、小枣也收下。

他收下那些吃的，也不说话，扭头走了。

若是没人听见，或是逢着吝啬的户主，冲着外头喊，没熟饭呢，先去别家要吧。他就一直站在门洞里，隔一会儿，朝屋里喊一声："好人哪!"

喊几回，再没人，就走了。

我们正吃饭，听到他的喊声，母亲说，张十来要饭了。就掰块饼子，让我拿给他。

我嫌母亲掰的饼子小，拿不出手，便嘟着嘴，不乐意去。母亲说，行啦，傻张十分不清大小。我却执意不肯去，母亲只好重新掰一块大的，交给我。

起初，我有些怕，张十傻，破衣烂衫，手里又拿着木棍，样子怪吓人的。我拿了饼子，小心翼翼地递到他手上，转身小跑着回屋，头也不敢回。

母亲问我，跑吗？

我说，害怕呗。

母亲说，大白天，有吗可怕的？

我说，怕他打人。

母亲说，张十不打人。

我问，为吗？

母亲说，咱们给他吃的，对他有恩，一个人再傻也不会打自己的恩人。

张十要饭是有规矩的。董村四街，他只在北街、南街、东街要饭，他家住在西街，西街都是熟人，房前屋后住着，磨不开面子。在我们北街，他从不去牛秃子家要饭，牛秃子跟他是远房姑表亲，论起来，他管牛秃子叫表侄，长辈到晚辈家要饭，好说不好听。

他也不去朱掌柜家要，朱掌柜名叫朱广信，开点心铺，有钱，房子盖得气派，却不仁义，村里修路搭桥，出公差，他一概不闻不问。亲戚朋友朝他借钱，从不松口，又找一堆借口，说自己做买卖，需要周转资金，说家里刚盖了新房，花了个底儿朝天。久了，人们给他起个外号"铁朱"。有一回，张十到朱掌柜家要饭，在门洞里喊了半天，朱家打发人送来一盒发霉的蛋糕。张十瞅一眼，没接，转身走了。从此再不去朱家要饭。

张十大概认得我了。有一回，我把一大块饼子给他，他没走，竟拱手作揖，对我说："谢谢喽。"

回到屋，我把这事告诉母亲。我说，张十不算傻，他对我说"谢谢"呢！

母亲笑笑说，知恩图报，这是老理儿。

再遇到张十时，就不那么怕了。送完吃的，回去的路上不再小跑着，而是慢条斯理地往回走。

初秋的一个清晨，父亲从外面回来，对我们说，出去看看吧，张十被人打了！

打他的是朱广信。张十从他家门口路过，他家的狼狗扑上来，咬住张十的布袋。张十急了，一棍子打在狗腿上，把狗打瘸了。朱家人出来，把他按在地上，揍了一顿。张十不敢还手，只抱着头，躺在地上，发出呜呜的叫声。

事后，朱广信放出话来，从今往后，傻张十别想在董村地界露面，不然的话，见一回，打一回。

背地里，牛秃子却替张十鸣不平。他说，狗的命比人金贵？傻归傻，抵不过一条狗？还说，是狗先咬人的，狗不咬人，张十怎么会打它？"铁朱"家那条狗那么凶，见了人总要往上扑。

立冬后，下了场大雪，村庄被雪封住，路上、屋顶上、树上、水井里全是雪，白塘里结了厚厚的冰，冰面上也落满了雪。

天冷了，我们便很少出去。放了学就在家里，帮着大人干活儿：剥棉桃啊，搓棒子粒啊，或者将白菜一筐筐运到地窖里。

张十果然很久不来北街要饭了。张十不来要饭，我们的日子也照样按部就班地过着。

我们照例过着琐碎的日子，吃喝、劳作、休憩，一日三餐，柴米油盐酱醋茶。

在董村人眼里，一个要饭的傻子实在算不了吗。他来了，他走了，他活着，他死了，都不重要。生活里少了这么个人，或者多了这么个人，本质上并没有分别。

整整一个冬天，我们都没见过张十。他或许真的怕了朱家，不敢来北街要饭了。

开春了，地里便又忙起来，浇地、耕地、耩地、轧地，人们像庄稼一样长在地里，从早忙到晚。

不知从哪天起，张十又回来了。他比以前瘦了一圈，衣服更脏更破了，他走起路来更慢了，颤巍巍的，步履蹒跚。他回来了，却不进到村里，只在村口转悠。他好像不再要饭了，他只到地里捡东西吃，饥一顿饱一顿。白天，张十在村口转悠，晚上，他住在地沟里，他在地沟里生火，烤花生和红薯。地沟里铺着麦秸，麦秸上落得满是花生壳。

几天后的傍晚，朱家人却又把张十打了一顿。这一回，牛秃子找到朱家门上说理，他说，这也太欺负人，张十没招你没惹你，就是从你门口过，就被打成这样！

对此，朱家人给出不同的说法。他们说，张十并不是从他家门口过，而是特意到他家去的。他这次回来，只有一个目的，那就是——投毒。他的手里拿着鼠药，朱家人发现他时，他正打算把药放到狗笼子里。

据说，这次张十被打得不轻，头破了，眉角淤青，肋骨折了几根。

天气越来越暖，端午前的一个傍晚，下起了小雨，天气有些阴冷。我们正在吃饭，门洞里忽然响起沉闷的喊声："好人哪。"

于是，我们知道，张十又来要饭了。我拿了整个饼子，到他跟前，递给他。

他的身子更加佝偻，他的腰一直弯着，他弯着腰，站在那里，用力拄着木棍，神情木讷，有气无力的样子。

他好像不认识我了。

婚　　事

喜力的两个姐姐，大姐叫作"敏"，我们叫他敏姐，二姐叫作"丽"，我们便叫她丽姐。

敏姐和丽姐，年龄相仿，个子也差不多，脾气秉性却不一样。

敏姐是有名的急脾气，说话声音大，语速快，大大咧咧的，像个男子。那时，董村的女孩儿都留长发，扎辫子，唯独敏姐剪了跟我们一样的寸头，便越发没有女孩儿样儿了。

在喜力家，我们都乐意听敏姐说话。她身上有股草莽气，像评书里的女英雄。闲暇时，我们就搬了马扎，把她围在中间，听她跟我们讲她经历的事。

敏姐说："我跟村里的男孩子在打谷场摔跤，丝毫不落下风的。"

我们说："真的吗？"

敏姐说："那当然，骗人是小狗。不信你去问问，那回把东街李小的胳膊摔折了，他领着大人找到家里来，哭天抹泪的。"

我们问她："除了摔跤，你还有吗本事？"

敏姐说:"会的多了,就看你问吗。"

我们问:"会爬树吗?"

敏姐就轻蔑地笑笑说:"爬树?简直是小菜一碟,我像你们这么大的时候,爬树在村里是出了名的,够榆钱、摘槐花,爬瓜遛枣的事儿都做过。"

我们见难不倒她,又问:"你怕蛇吗?"

敏姐说:"我才不怕蛇,有一回,我在白塘边的草丛里抓过一条水蛇,把它缠在手腕上,就像手镯一样,凉丝丝的。"

敏姐摔跤、爬树我们隐约记得,唯独抓蛇这事未曾亲见,只是听敏姐这么说。她这么说,我们也都信了。睁大眼睛问她那蛇有多长,有多粗,白的还是青的,有没有毒,会不会顺着胳膊钻到身上来。敏姐答不出来,支支吾吾的,到最后只得嘿嘿笑着说:"行啦行啦,逗你们玩儿的。"

她这么说着,有时刮一下我们的鼻子,有时拍一下我们的肩膀,有时呢,就拿额头顶着我们的额头,也是大大咧咧的,满不在乎的样子。还说,哪天真的见了水蛇,一定把它缠到手腕上,拿到我们面前,让我们开开眼界。

贾娘娘说:"快出门子的人了,还这么没大没小的。"

贾爷不说话,瞅着她,直皱眉。

敏姐就瞪着眼说:"才不管他,出门子怎么了,出门子也是咱当家,咱说了算——不当家可不行。"

云爷就逗她:"咱家小敏,天不怕地不怕的,跟天波府的杨门女将一样。"

她听了大声笑起来,说:"杨门女将多威风,也没吗不好。"

又问旁边的福爷:"是吧,叔?"

福爷也笑着说:"小敏的脾气,将来结了婚肯定不吃亏。又说,马有全老实巴交,少不了受你的气。"

敏姐就猛吸口烟说:"受气他也只能受着,谁让他碰上的是杨门女将。"

贾娘娘说:"看把你能耐的,这是要上天啊。"

我们董村,但凡订婚的青年,逢着农忙时节,男方要到女方家干活儿,一方面是孝敬和礼节,另一方面,为的是给男女双方有个接触的机会,以便增进了解。那年秋收,马有全到贾爷家帮忙倒玉米秸。他长得白白净净的,身体单薄,力气也小,不一会儿手上磨出了水泡。

敏姐说,你快去树底下凉快吧,看你也不是干活儿的料儿。

马有全臊得脸通红,嘴里说没吗,手却疼得厉害,忙放下凿镐,到一旁歇着了。

敏姐跟贾爷一人一垄,到了地头,敏姐竟把贾爷甩在了后头。

装车也靠敏姐,卸车也是她。马有全想要帮忙,被敏姐拦住,说看我的吧,你瘦得像个猴子,干不了力气活儿。

又交代他,把散落的玉米捡一下,把草帽、衣裳、水壶拿到车上来。

回去的路上,贾爷套了车走在前面,敏姐和马有全走在后头。两人说着话,常常是敏姐的嗓门高,马有全只低声附和着。两人不知道说了点儿吗,敏姐突然哈哈地笑起来。

那年秋后,敏姐出了门子,嫁到了马家。第二年,生了个女儿,取名念弟。念弟两岁时,敏姐生了第二个女儿,名字叫念来。念来刚过满月,敏姐跟婆婆大闹了一场,领着俩孩子回了娘家。

一进门,便坐在炕头上,跺着脚说:"去他娘的,不过啦!"

仔细一问,原来是马家婆婆一心想要抱孙子,见敏姐连生两胎都是闺女,心下不乐意,摔摔打打,不给好脸色看。敏姐气不过,跟婆婆大吵一架,说生小子也姓马,生闺女也姓马,不用这么摔打,打鸡骂狗的,有话就说到明面上。

婆婆也不示弱,掰着指头数落敏姐的不是,一会儿说敏姐见了长辈没个笑脸,像是见了走大道的;一会儿说她为闺女时就学会了抽烟,不像个闺女样;一会儿又嫌她说话冲,一看就没教养。凡此种种,唯独不说等着抱孙子的事儿。

没等婆婆说完,敏姐就领着孩子回了娘家。临走撂下一句话:"你想抱孙子,爱找谁生找谁生,老娘不伺候了!"

马有全在旁边插不上嘴,只抖着手叹气:"唉——"

村里有村里的规矩,逢着这样的情形,多半是男方请了中间人,到女方家说和,男方赔个不是,互相给了情面,消消气,事情就解决了。第二天,马家便派了本家长辈上门说和,劝敏姐回去,说孩子还小,不看僧面看佛面,不看鱼情看水情。说居家过日子,马勺总要碰锅沿。说吵了闹了,也就过去了,哪有过不了的流沙河,哪有翻不过的火焰山。

贾爷渐渐被说动了,答应让敏姐带孩子回去。敏姐却不同意,说回去可以,必须约法三章:第一,婆婆要亲自登门道歉,火是她烧的,必须她来灭。第二,必须分家,马勺就不能碰锅沿。第三,马有全跟着一起来。

这话说得在情在理,中间人回去,把这话原封不动地转达给马家,又说,杨门女将,惹不起!果然就按敏姐的意思办了。只是马家婆婆心有不甘,当下生了场大病,在炕上躺了半年,一直不见好。等到年底,终究去世了。敏姐从此落下气死婆婆的坏名声。

一场风波消停后,敏姐跟马有全商量,在村里这么耗下去,鸡毛蒜皮,家长里短的,没个大出息,也甭想过上好日子,不如去北京做买卖。马有全没出过远门,有些怵头,说人生地不熟,没经验,没本钱,赚得起赔不起。敏姐说,赔了顶多回来种地,吃糠咽菜也认了。

那年刚过完春节,两人带着孩子,径自去了北京。

起初是卖早点,豆浆和油条,后来改行卖咸菜,再后来又卖过水果,卖过菜,最后在一个农贸市场租了摊位,卖猪肉。

日子一天天发达起来。再回到董村,马有全穿了呢子大衣,穿了锃亮的皮鞋,带上了大哥大,说话也成了半侉子。敏姐呢,还是老样子,留着短头发,说话还是大嗓门,大大咧咧的。见了我们,仍是刮一下鼻子、搂一下肩膀的,闹得我们倒有些不好意思。

谁也没想到的是,那年冬天,敏姐跟马有全离婚了。敏姐不得不离开北京,回了董村。听旁人说,敏姐离婚的原因是马有全跟旁边卖杂货的女人好上了。敏姐千算万算,没想到老实巴交的马有全还有这本事。

敏姐于是动了刀子,先是刺伤了马有全,然后用刀划破了自己的手腕儿。

那时候,离婚还是新鲜事。据说,敏姐跟马有全到乡里办完离婚手续,回到家里,大伙儿去看她。她躺在炕上,裹着被子,只说了句,叔,我不甘心啊,我从小到大,哪受过这屈……随即蒙上脸,呜呜哭起来。

敏姐后来去了南方,做蓄电池生意,发了大财。有天夜里,她忽然给我打来电话。她说,她从别人口中得知我在写小说,问我能不能把她的故事写一写。

她说话的声音有些低沉,不似原先那么洪亮。

我又想起当年搬了马扎,把她围在中间,听她讲故事的场景。

停了一会儿,我问她:"敏姐,你真敢把水蛇缠在手腕儿上吗?"

闹　　鬼

隆冬的夜晚，鸡上树，猪入圈，牛羊关进栏屋里，村庄骤然安静下来。

孩子们早早钻了被窝儿，双手扯住被头，捂得严严实实，不让一丝冷气进去。被窝里也是冷的，孩子们皱着眉，嘴里咝咝地吸着气，却不敢动弹，只猫着身子露出眉眼，默默望着外头。

大人坐在油灯下低声说话，灯光摇晃，映得人的脸也是昏黄的。影子投到墙上，就不像人的影子了，倒像大象、狐狸、山和云彩。

牛秃子带了几个保安在村里巡夜，他们一律穿着厚重的棉袄、棉靴，戴了棉帽子、耳朵瓢子、脖套，把自己裹成圆滚滚的粽子。

借着月亮地，他们在说话。

七爷说："耳朵都要冻掉了。牛秃子，这么冷的天出来巡夜，要计一个半工的。"

牛秃子说:"一个工还嫌少。少吗?不少了。从前只记半个工的时候,不照样抢着干。黑下里的空儿,闲着也是闲着嘛。"

七爷说:"春天跟大队去下潜水泵、修水簸箕,活儿轻省,还记两个工呢,跟白捡一样。"

牛秃子说:"肥的瘦的掺着吃嘛!那年到漳卫新河'挑河',累得像牲口,得钱了吗?"

七爷便对众人说:"这个秃家伙还挺能狡。"

于是不再搭话,把手合成贝壳状,在嘴边哈气,又快速搓着手,说:"娘的,人都要冻成冰坨子了。"

他们围着村子转悠,金坡家的黄狗听到了脚步声,站在远处盯着众人,汪汪地狂叫。

振华捡块砖头投过去,嘟囔着:"叫叫叫,哪天找个棍子打死你,炖了个狗×的!"

那狗被他吓住,一溜烟儿地跑到暗夜里。

牛秃子说:"狗看家,比人强。人睡着了就成了猪,狗耳朵机灵呢。要是家家户户都有狗,就用不着咱们夜里出来喝西北风喽!"

振华朝地上吐口唾沫,说:"呸!"

牛秃子瞅他一眼,没说话。

路过杏花家,见大门紧闭着,根生问:"杏花娘丢了多少棉花?"

牛秃子说:"一季的收成,让人全锅端啦,少说百十斤吧。杏花娘寻死觅活的,现在还不肯吃东西。"

根生说:"不知道谁干的,杏花娘可真不易……"

振华说:"哪有容易的,咱们深更半夜,跟这鬼天气耗着,容易啊?"

说完,擤了把鼻涕,在鞋底子上蹭蹭,说:"嘀,真冷。不行啦,得找个背风的地方,抽一袋。"

根生也要抽,两人便找个柴火垛,躲到后头,卷了支烟,慢慢抽着。

牛秃子跟七爷他们继续往前走,便说起振华他老娘的病:"喘得更厉害了,嗓子眼儿被糊住了,也不认人了,别人问她话,她只会摇头,下不了炕,吃喝拉撒,都得有人伺候。"

七爷问:"瘫了?"

牛秃子说:"瘫了。上个月能拄着拐下地,个把月的工夫,就瘫到炕上了。"

七爷说:"没去医院检查?"

牛秃子说:"哪有那个钱?本来就不富裕,这些年给他爹看病、拿药、出殡、发丧,家底儿早就掏空了。"

七爷还要问,牛秃子朝他使个眼色。七爷一扭头,见振华跟根生撵了上来。

两人正在谈论关于鬼的事儿。

似乎是振华说了吗经历,根生摇着头说:"我不信。"

振华说:"不信拉倒。还有个事儿,听老人们说的,黑龙村有个光棍汉,那年冬天到王寺乡去赶集。回来天黑了,迷了路。怎么推车都是上坡,只好找个斜坡睡着了。等到天明才发现,自己睡在野地里,周围都是坟,坟头上还有他推车轧出来的辙。"

根生说:"净瞎扯,唬人呢!"

七爷也说:"有鬼也不用怕,褪下裤子朝他滋尿,鬼最怕尿骚。"

振华说:"七爷,黑下可别乱说话,门墙立能听见的。"

根生问:"吗叫门墙立?"

振华说:"躲在墙里的鬼,平时看不见的,只有夜里出来,见到有人经过,就悄悄跟在身后。走夜路的时候,有人叫你,千万别答应,也别回头。回头你只能看见骷髅。"

根生觉得惊悚,说:"别说了,别说了,怪吓人的。"

牛秃子也说:"时间差不多了,大家回吧。这么冷的天,鬼也懒得出来,在家守着鬼婆娘呢。"

回去的路上,却不知不觉加快了脚步。

根生家离得远,渐渐落了单。走着走着,忽然听到后头响起脚步声。脚步声一直跟着他,既不靠近,也不远离。好像他走快了,后头的脚步声就快了。他慢了,后头也慢了。根生心里便发了毛,却不敢回头看。走到半路,忽然听见身后有人叫他:"根生,别着急回家啊,陪我说说话吧?"

根生大叫了声"娘哎",飞也似的跑开了。

背后传来七爷跟牛秃子一连串的笑声。

牛秃子说:"都说根生胆小,不识吓唬,果不其然。"

根生因为害怕,索性辞掉了巡夜的差事。却对牛秃子说,他的视力不好,夜间看不清东西。真的,他说,看吗都是黑乎乎的,眼前就像蒙了块黑布。

巡夜的队伍里又添了亮哥。亮哥是退伍兵,练过擒拿格斗,天不怕地不怕的。

那些天,村里总有户家在丢东西:五爷家丢了一只羊,贾爷家丢了辆大架子车,麻爷丢了藏在匣子里的五十块钱,金坡家丢了那条白尾巴尖的狗。

牛秃子说:"每天夜里都安排巡夜,怎么就抓不住那个贼。"

振华也说:"真是活见鬼了!"

七爷说:"你们别总鬼啊鬼的。"

贼还是被亮哥捉住了,不是别人,正是振华。他偷东西都是在后半夜,等众人巡夜回去后,再悄悄出来,拨开人家的门栓,进屋偷东西。

那时人们早已经睡熟,很难发现他的行踪。

只是这次没躲过亮哥的眼睛。

亮哥说:"振华这小子,总是讲鬼啊神啊,我才不信有吗鬼,即便有,也是人在装神弄鬼。"

振华被关进派出所,过了半年才放出来。

那时已是夏天,傍晚时分,我们放学时,常碰见振华用车子推着他的老娘,去司马真的诊所打针。老人趴在振华身上,轻飘飘的,如同一团破破烂烂的棉絮。

每回看见他,我总忍不住想问他关于"门墙立"的故事。

但我终究还是没问。

后来的许多夜晚,我走在村路上,时常听到身后的脚步声。好在,从没人在背后喊我的名字。即便喊,我也一定不会回头,更不会应声的。

童　　谣

　　天冷了，父亲便把木工活儿搬到屋里做。

　　灶台旁的空地上，摆满家什和木料，屋里满满当当的，站不下脚。父亲从木料堆上拿起一根，放在眼前，眼睛眯成一条线，几秒钟后，他把木料从眼前拿开，放到身后的长凳上。然后呢，他拿过刨子，调好刨印，躬下身，用力一推，"哧"的一声，一卷光洁的刨花便从刨床上跳出来。

　　锯木头需要提前画线，画线会用到墨斗——这种黄铜焊成的黑盒子，因其笨重而丑陋的外形，一度让我厌恶。父亲对它却极爱惜，平时拿布袋裹了，装在专用的木匣里，用时才拿出来，用完后要拿抹布擦拭干净，重新放回去。父亲说，斧子是摇钱树，墨斗是聚宝盆。又嘱咐我，千万不能从墨斗上跨过去，不吉利。我问他，有吗不吉利。父亲说，会丢魂儿。我说，魂儿在自己身上，能丢哪儿去？父亲说，魂儿是附在人身上的，不留神就被鬼捉走了。

　　吓得我直吸凉气。

　　父亲拿过墨斗，熟练地拌墨、挂钩、抻线、放线。准备妥当后，他用两根指头捻起细绳轻轻一弹，木料上便多出一道笔直的黑线。父亲画线时，手上常沾了墨汁，黑黢黢的，有时墨汁会蹭到脸上、鼻尖上，十分滑稽。画好线，需摇动手柄，一圈一圈将线收起，摇柄与墨盒摩擦，发出吱吱扭扭的响声，如同一架年久失修的纺车。

父亲忙这些时，总是不紧不慢的。做手艺不比别的，不能慌，慌了容易出错，错了就是白搭工夫。白搭工夫还是次要的，浪费了材料就得不偿失了。父亲干活儿时，通常会轻轻吹口哨。我听不懂他吹的吗曲子，像戏又不是戏，像歌又不是歌。我曾问过父亲，吹的吗曲儿。父亲想了想，答不出来，随口说，这叫稀里糊涂一锅炖。说完，自己也笑了。

我到里屋写寒假作业，一边写一边跟母亲说话。母亲说，好好念书，将来才有出息。我说，怎么才算有出息啊？母亲说，有出息就是有出息呗，反正别学傻李八、傻张十，到处要饭，没出息。我问，读书读到吗时候呢？母亲说，念完小学念中学。我问，念完中学呢？母亲说，念大学啊。我问，念完大学呢？母亲想了想说，出国留洋。我说，那我就出国留洋。母亲说，你要能出国留洋，我就到泰山顶上烧高香去。又说，留不留洋没关系，将来能脱离农业社就行。说完，笑着让我把簸箩递给她。

我把缝纫机上的针线簸箩给了母亲，便继续趴在桌上写作业。

母亲在炕上纳鞋底，戏匣子正在唱戏，播的是《窦娥冤》，母亲说那是哭戏。果然，听着听着就红了眼圈儿，一边拽线一边抹眼泪。父亲到里屋喝水，见母亲的模样，便笑她没出息，又说，戏里的事儿，都是假的，赚人眼泪的。母亲说，明知道是假的，就是忍不住。

我不懂戏文，只觉得咿咿呀呀的，没吗意思，不如评书和快板好听。

写完作业，便到外屋，坐在马扎上，看父亲干活儿。有时也跟着帮忙，将木楔子蘸上白乳胶，交到父亲手中，或是将满地的细刨花用簸箕装了，端出去倒在柴火堆上。

有时正忙着，外头响起推门声。父亲朝院子里看，见田爷揣着手进来了。

田爷原本姓胡，叫志远，叶三拨村人。十八岁那年来到董村，成了村西陈家的倒插门女婿。从此改名换姓，叶三拨的胡志远成了董村的陈有田。别人结婚，都是男方迎亲，女方陪嫁。唯独田爷是带了嫁妆，被轿子抬进董村的。

或许是倒插门的原因吧，村里人多少有些瞧不起田爷，凡事都爱挤对他。田爷在董村没吗朋友，却唯独跟父亲要好，用田爷的话说，跟孟良焦赞一样。

田爷来串门，父亲就让我搬凳子，沏茶。又把烟簸箩拿来，让他自己卷烟抽。

田爷喝着茶，抽着烟。父亲便继续忙他的木作活儿了。

父亲忙的时候，田爷就逗我玩儿。他说，教你玩儿拔萝卜吧。

我说，冬天里，哪儿有萝卜？

田爷说，萝卜就在你肚子上。便让我撩开衣裳，露出肚皮。田爷用手揪住我的肚皮，轻轻一甩，发出清脆的响声。肚皮又疼又痒，我却咧着嘴笑起来。

那些天，我闲得无聊，田爷来我家，我便缠着他，让他带我玩儿拔萝卜。有时田爷忙着说话，就说，现在萝卜不脆，不能拔，要到太阳底下晒着。我便乖乖站在太阳地里，撩开衣裳晒着。隔一会儿，就跑去问田爷，萝卜脆了不？田爷用指头弹弹我的肚皮，又将耳朵贴上来，煞有介事地认真听，像试探萝卜的生熟。田爷说，差点儿火候。我只得又跑到太阳地里晒肚皮。心里默念着，觉得时间过得太慢。过一会儿又去问，田爷说，脆了。一拔，果然发出脆响。

田爷到我家，是带给我许多欢乐的。他不光跟我玩儿拔萝卜，还教我"猜闷儿"：麻屋子，红帐子，里头住着白胖子，猜的是长果。远看是灯笼，近看是灯笼，灯笼是灯笼，就是净窟窿，猜的是破灯笼。兄弟五六个，围着柱子坐，大家一分手，衣服都扯破，猜的是蒜。

每回见我猜不出，田爷总要让我央求他，要我给他剥花生吃，或是帮他卷一袋纸烟。

来了兴致，田爷还会教我一些不常听到的歌谣：

> 小五，小六，嘎巴叽里吃炒豆。你一碗，我一碗，没牙的奶奶干瞪眼。（《吃炒豆》）

红姑娘子棵，结仙桃，老鼠逮了个大狸猫。公鸡下了个天鹅蛋，嗯里哇地官来验。吹锡锣，打喇叭，门楼子拴在马底下。东西道，南北走，这个庄上人咬狗。拾起狗来打砖头，倒叫砖头咬一口。(《老鼠逮了个大狸猫》)

　　天怕浮云地怕荒，人怕痨病物怕伤。贤妻最怕夫拐带，好哭的孩子怕后娘。鸡怕黄鼬猫逼鼠，小猫子就怕狗汪汪。草怕严霜霜怕日，恶人就有恶人降。唱戏的最怕嗓子哑，说书的就怕倒了疮。卖水的最怕碰壶嘴，卖豆腐就怕碰锅帮。吹鼓的怕狗打仗，卖鸡的就怕砸了筐。罗锅子睡觉怕仰八，病人最怕人嚷嚷。还有一句大实话，秃子脑袋怕苍蝇。(《二十四怕》)

　　田爷唱童谣时，一会儿瞪大眼学恶人，一会儿弓着腰学罗锅，有时还故意捏着嗓子，学公鸡和狸猫。我就捂着肚子，笑得前仰后合。

　　田爷是让人开心的，可是，有一回，他却跟父亲吵了起来。我不知道他们为吗争吵，只感觉两个人说话声音很大，倔巴巴的。我从里屋出来，想看个究竟。他们却谁都不说话了，田爷红着脸，一声不吭。父亲则气鼓鼓地坐在板凳上抽烟。

　　一连过了几天，田爷都没到我家来。父亲的木工活儿忙得差不多了，屋里那堆散碎的木料已经做成板凳，在即将开始的新学期里，它们将被卖给邻近村子里的上学的孩子。母亲也不再纳鞋底，她从乡里领了一批手工活儿，活儿不累，只需把各种颜色的碎布头拆成纱线。母亲说，虽然挣得少，但是现钱结账，不拖欠，村里人都抢着干。

那段日子，田爷再没来我家，不知道他在忙吗。我曾问过父亲，田爷怎么不来串门了呢？父亲迟疑了一下，含含糊糊地说，大人有大人的事儿。

临近年关，一天冷似一天，白塘的冰结得厚实了，闲来没事，我常跟一群孩子到白塘滑冰，抽尜尜，也便不记得田爷了。

那天夜里，我已经钻进被窝了，却忽然听到有人敲门。父亲出去开门，却是田爷。

我从被窝探出头来，窗外一团漆黑，远处不时传来几声狗叫。父亲跟田爷在外屋说话，因为隔着棉门帘，他们的谈话变得时断时续。隐隐约约地，我听见田爷说"日子没法过"，又说到"当人和不当人""争气和不争气"。父亲似乎一直在安慰他，父亲说到"命""忍""熬着""日子"。父亲的安慰并没有起到作用，田爷哭了，起初是哽咽，到后来，就哭出了声音。尽管隔着一道门帘，我仍能感觉到，田爷哭得很伤心。那是我头一回听到男人哭，在漆黑的夜里，像裹了一层泅湿的棉被一样令人难受。

田爷偶尔还会来我家，只是他再没有跟我玩儿"拔萝卜""猜闷儿"，他也再没有给我唱过童谣。他总是皱着眉，沉着脸，心事重重的样子。他到我家，多半是跟父亲谈事。他们谈事的时候，就把门帘撂下来，把我支到另一间屋。

田爷又是很久不来了,从某天起,他再也没来过。田爷彻底从我们的生活中消失了。只有在饭桌上,父亲偶尔还会说起他。父亲说,田爷又被赶出家门了,他能去哪儿?一个人跑到"东天边",在棒子秸垛里待了一宿。父亲说,田爷想孩子想疯了,他采了鸡毛做了毽子、用自行车链子做成火枪、用胶泥印了许多模子,他还把平时抽烟的烟盒都留下来,订成了本子,他说将来要让他孩子上学。父亲说,田爷怕是活不长了。

一个下雪的早晨,父亲从外头回来,他用力跺跺脚上的碎雪,说,田爷死了。

唉,父亲长叹了口气,说,田爷死了,他用一根草绳把自己吊在了门框上。上门女婿,难啊。

父亲这么说的时候,我忽然想起田爷教我唱的歌谣:红姑娘子棵,结仙桃,老鼠逮了个大狸猫……

花　　集

腊月的最后一个集日叫花集。

花集一年才有一场，因此要热闹得多：卖灶王爷的、卖佛香的、卖炮仗的、卖白馃子的、卖塑料花的、卖年画的，平时的集日极难见到，待到花集就都出来了，集市上变得熙熙攘攘，人多得像蚂蚁。

白馃子是大年三十上供的必需品，穷也罢，富也罢，家家户户都要买的。付了钱，拿细绳串成一串，拎在手里，神气十足。遇到熟人说话，就有了底气，说买好馃子啦？答买好了。声音要比往常洪亮。孩子馋嘴了，眼巴巴地瞅着，手指贴在嘴唇上，使劲儿咽口水。大人是万不肯给的，上供的物品，金贵得很，不能让孩子糟践，不然仙家会怪罪。待到初一晌午，磕了头，烧了纸，撤了供，才给娃娃们分了去。

卖白馃子的女孩儿叫春妮，年岁不大，却是老买卖了。她不大爱说话，别人讲价，说做买卖都要有个添头儿让头儿，说常年吃你家的馃子，多少有个照顾。春妮不言语，也不抬头，就像没听见。说得多了，索性把馃子放回簸箩里，不卖了。买主抱怨着，小小年纪，还拿大哩，做买卖的又不止你一家，便气呼呼地扭头走了。在集市上转一圈，却又返回来，买了她家的。说别家的到底不如她家的好。春妮照例不说话，抓起几个馃子拿细绳捆了，收了钱，又照顾别的生意了。买主无奈地笑笑，跟旁边人说，瞧这闺女倔的，将来肯定不好找婆家。听人说，春妮的父亲原本是村干部，因为乱搞男女关系受了处分，母亲就疯了。从那以后，春妮再没跟父亲说过话，久了，便落下不搭理人的毛病。

卖炮仗的有专门的鞭市，鞭市在白塘边的空地上。大买卖家套着骡马车，卖的是两响、大起花、大炮仗。雷子也有，擀面轴粗细，矮墩墩的，火捻长，半天响一个，炸开了像手榴弹，嗡的一声，地上准会有个坑，泥土朝四面飞溅开来，中间留下一片炸药的痕迹。小买卖家推着车，卖的是电光炮、钻天猴、地老鼠，是孩子们的最爱，带孩子赶集的，多少要买几盒回去。卖大炮仗要先"试试响"，为的是招揽生意。伙计拆一挂炮仗，用竹竿挑着，掌柜的猛嘬两口烟，点着火捻，快速闪到一边，炮仗在空中噼里啪啦地响。一挂放完，人们围到车前抢购，三五挂的也有，十来挂的也有，举着钱往掌柜的手里塞。唯独牛秃子不掏钱，他是村里的主财，红白喜事由他管，卖炮仗的都给他抬轿，在鞭市见到了，都拿几挂给他，为的是以后多照顾生意。鞭市固然热闹，我却不敢往前凑，只站在高处远远望着，手掌捂住耳朵。为此常被胖头他们取笑，说我的胆子比老鼠还要小。胖头比我大几岁，力气大，胆子也大，敢把炮仗拿在手里放。点着火捻,往天上抛,炮仗在空中爆炸,发出清脆的响声。有时扔得慢了,火捻烧到尽头,指头便被熏得黑不溜秋的。

卖佛香的是我们董村人,我们称呼她八奶奶。八奶奶的佛香是自家制的,有长有短,两头用纸封住。纸是有讲究的,一头红纸,一头白纸,中间也是红纸,烧香时,拆白头,留红头,万不能搞错。制佛香需要锯末,父亲便让八奶奶到我家收。八奶奶要给钱,父亲说,一样的物件,在你那儿是金子,到我这儿是块石头,可不能要钱。八奶奶欠我家人情,因此对我还算和善,见了面总夸我,说这孩子怎么怎么好。臭蛋却不喜欢她,原因是有一回,臭蛋到她家屋后的柳树上折柳枝做弹弓,被她逮个正着,举着笤帚追打他。臭蛋从树上滑下来,一口气跑到河沿上,又沿着河沿跑了很远,总担心她从后头追来。后来臭蛋对我说,八奶奶太小气,下回别把锯末白给她了。

花集大,人多,是非也多。集市赶得正热闹,白塘边的鞭市却"鼓"(意为爆炸)了。试响的炮仗掉到旁边车上,引着了一捆两响,两响又引燃了别的炮仗。一车一车的炮仗乱响乱飞,白塘里炒开了豆子。伤了不少人,有断了指头的,有烧着头发的。鞭市的人都炸了窝,丢了鞋帽的也有,摔个狗啃泥的也有,哭的喊的也有。跑得快的,远远地站在高坡上往下看,见有两响飞过来,又连忙撒腿往更远处跑。晌午时分,人散得差不多了,鞭市终于静下来。大掌柜坐在地上,脸被血染得花里胡哨的。他抓过冒着烟的纸屑,捧在手里,又蒙在脸上。后来,他终于掉下了泪。他哭得很伤心,像一位战败的将军,悼念阵亡的士兵。胖头却无比高兴,他在土沟里发现一个袋子,里头装了半袋尚未点燃的炮仗。牛秃子说袋子是他的,胖头说,谁捡到就是谁的。牛秃子拿不出证据,此事便成了无头官司。

八奶奶跟一个卖切糕的打了起来,那个卖切糕的推车从她摊儿前过,因为人多拥挤,不小心碰散了她的佛香。八奶奶说,你这做买卖的,推车走路,也不看道儿,闭着瞎眼往前拱。卖切糕的说八奶奶做买卖"欺"(意指贪心),几把破香占了半条街。八奶奶说,几把破香怎么就偏偏挡了你,这些破香要烧到你家坟头上。卖切糕的就支下车子,挡在八奶奶摊儿前,说,不让你个臭老婆子开张。八奶奶急了,从地上抓一把土,扬到切糕上。八奶奶后来病了一场,嘴歪眼斜。赤脚大夫司马真看过,说是气闷心,中了邪风。母亲拎了鸡蛋去看她,她只说那卖切糕的,不该碰倒她的佛香。臭蛋知道了这件事,说,卖切糕的替他报仇雪恨了,这叫善有善报,恶有恶报。

卖白馃子的春妮的钱被人偷了。春妮做买卖有个习惯,零钱用布袋装着,整钱凑够五块就装进衣兜里。结果,等到散集的时候发现,衣兜被人用刀片割了个口子,钱却不见了踪影。有人说,是先前那个还价的买主把钱偷了。那人之所以讨价还价,是为了掩人耳目。后来去而复返,瞅准时机,终于把钱偷走了。发现丢钱后,春妮吗话也不说,拿过秤杆子,咔吧一声撅折了，扔到地上猛踹了几脚，然后扬长而去。

　　后来听说，春妮嫁人了，也不知道她嫁到怎样的人家，我是再也没有见过她的。只是等到来年花集，春妮再没来摆摊，集市上有了别家卖白馃子的，也是个女孩子，别人问起，说是春妮的妹妹，叫秋花。问她多大，她只低着头，一句话也不说。

斗　　牌

冬日的夜晚，一群人聚在大队部斗牌。

他们玩儿"炸金花"，不输钱，但带彩头，输"官厅"牌子的烟卷。父亲是"炸金花"的高手，但他从来不上牌局，只在旁边"扒眼儿"。"扒眼儿"也上瘾，通常夜深人静，打牌的人散尽了，父亲才回家。有时，我睡醒一觉，迷迷糊糊听到父亲插门的声音，脚步声由远及近，随即一阵冷风钻进来。

煤油灯依然亮着，昏黄的灯光下，父亲低声跟母亲说着话。

母亲抱怨父亲，瘾还不小，索性待到天亮。父亲嘿嘿笑着说，天亮没人管饭。又说起当晚的牌局：五爷输了两盒，根生输了一盒半，都让牛秃子赢走了。父亲这么说着，也很高兴，像是他赢下了那些香烟一样。

窗外的风似乎小了些，月光看起来更白了、更亮了。月亮照在窗台上，白花花的，像下了一层霜。

父亲说起去棉站卖棉花的事儿，说跟贾爷、云爷约好了，就着云爷的骡车，明天一早出发。母亲说，明早熬鸡蛋汤。父亲说不用,走得早,别再额外起灶。又说起村东郑爷家的二丫头要出嫁,明天该把礼钱送去。他们似乎还说了别的,说着说着,也便睡着了。

父亲去看斗牌时,母亲就在炕上纺线。她纺线时总是不紧不慢的,她从簸箩里拿出棉花条,系在锭子上,一只手握住棉花条,另一只手慢吞吞地摇动手柄,绳轮转动,伴随着"呜呜呜"的响声,棉花条便成了棉线,在锭子上越缠越大。待到锭子缠到鸭梨大小时,母亲就把它卸下来,放进另一个簸箩里。又重新系上新锭子,继续摇着纺车。

母亲纺线的时候,我就在一旁听戏匣子,也没什么固定节目,就是拧着旋钮,不停地换台,快板书听一会儿,评书听一会儿,歌曲听一会儿。母亲说,没长性,好端端的戏匣子,就是被这么拧坏的。

我冲她使个鬼脸,拧得更欢了。

母亲也只说这么一句,便接着纺线了。

有时,母亲会和我说会儿话,说她过几天要去姥姥家,说要给姥姥买她爱吃的槽子糕,说姥姥家又要搭台唱戏了,请的是县里的剧团。

说着说着,母亲不说了,我就睡着了。

母亲若是总不跟我说话,我就想办法捣乱。我说,我饿了,我头晕或者我有点儿难受。

母亲准会停下纺车,摸摸我的额头,看我是不是发烧。她的手有些凉,有些粗糙,像砂纸。她摸完我的额头,也不说话，只下炕去到外屋。回来时，手里拿了个苹果，递给我，说，小老鼠给叼了苹果来，吃了快睡吧。

大概是因为老鼠身材短小，所以叼来的苹果也很寒酸，大的像鸭蛋，小的只有核桃大小，表面看起来皱巴巴的。苹果没了水汽，吃起来倒是甘甜，于我是难得的吃食，吃完一个不解馋，仍要母亲去拿，说，娘，你再去看看，小老鼠又叼苹果来没？

母亲拗不过我，只好出去看，回来后，煞有介事地说，天黑了，小老鼠都睡着了。

我便信以为真，不停咽着口水，也便慢慢睡着了。

心里对那老鼠充满感激，觉得它心地善良，心疼小孩，心底里便觉得亲近，以至于后来听人唱"小老鼠，上灯台，偷油吃，下不来"时，会替它鸣不平，希望它善有善报，既能偷到灯台上的油吃，又能顺利地从灯台上下来。

翌日傍晚，父亲卖棉回来，带了柿饼子、板栗和菱角之类的零嘴儿，炕上摊得满满当当，像过节一样。父亲将卖棉花的钱交给母亲，母亲数了数，放在钱匣子里，盘算着开春买几根檩条，把房子翻盖一下。

吃过晚饭，父亲仍去大队部看斗牌，母亲替我铺了炕，将灌满热水的输液瓶子塞进被窝，然后便坐在炕上纺线，纺车发出"呜呜呜呜"的声响，锭子如同气球一样，越缠越大。

月光照在窗台上，清凉如水。

那一年的大年初六，父亲要跟赵二叔去天津打工。赵二叔是父亲的师弟，两人一起学木作。赵二叔这些年一直在外头打工，干装修，也干修修补补的零活儿。年前，他来我家串门，跟父亲说起打工的诸多好处。父亲动了心，决定出去闯闯。

因为要赶火车，凌晨时分，他便背着被褥和硕大的工具箱出门了。母亲没有点灯，借着月光送父亲出门。我则躲在被窝里，侧着头，装作熟睡的样子。

外面的风刮得正猛，树的影子又大又黑。在风中，父亲的脚步声越来越轻，越来越远。

日子变得难熬，每到晚上，我仍早早钻被窝，却不再觉得冷。我蜷在被窝里，看着母亲纺线，纺车不停地转啊转，让我感到一阵阵的眩晕。有时，母亲会忽然想起什么，到外屋拿苹果给我吃。她说，小老鼠又叼苹果来了。

我吃着苹果，却怎么也高兴不起来。戏匣子放在枕头边，我也懒得动它。

过了正月十五，天气一天暖似一天，就要开春了，父亲仍没有消息。母亲开始忙着买种子、化肥，借别人家的牲口耕地、耩地。

三月的一天，我从学校放学回家，竟意外地见到父亲正坐在椅子上抽烟。我倒有些惊诧，一时不知该说什么。

父亲说，不认识了？

我抱着父亲的腿，既不撒手，也不说话。

后来，我从父亲和母亲的对话中得知，父亲的那次外出打工并不成功，那些天，他一直跟着赵二叔到处"扒活儿"，寻找雇主，他们想尽一切办法，却始终没有任何收获。父亲说，赵二还在那里熬着，他却熬不下去了，原因是他身上带的钱都花完了。

过了一会儿，父亲低声说，回来的车费也是借的，出去一趟，也没给孩子买吃的，早知道……

冬天很快过去了，夜晚的风不再那么冷，枣树枝上钻出了嫩芽，起初是鹅黄色，豆粒大小，渐渐地，变成了绿色，叶子舒展开，像蜻蜓的翅膀。

后来，父亲不再去大队部看斗牌。他从小卖部买回一副新扑克，不忙的时候，他会陪我玩儿"金钩钓鱼"，夜晚因此变得欢快。唯一的遗憾是，父亲牌技高超，我一直想赢他，却怎么也赢不了。

日　　常

我们董村多数是农民。

虽然也有拉大车的,也有开磨坊的,也有走街串巷换豆腐、打香油的、锔盆子锔碗的,但那是他们的副业。本质上,他们仍是农民。他们勤劳,质朴,隐忍。他们也节俭,一分钱掰成两半花,柴米油盐酱醋茶,无一不是精打细算。

春天了,他们就去耕种。

他们用粪叉子把猪圈里的土肥扔出来,刨开,晒干,撒进地里,地就有了营养,肥了,有劲儿了。

他们去浇地,澄澈的井水顺着阳沟流进田里,他们扛着铁锹在畦背上巡视,像警觉的哨兵。夜里浇地,他们变得格外小心,月亮地下,明晃晃的地方要避开,不然准会踩进泥里。

俗话说,走黑不走白,走白湿一鞋。

他们把种子播进地里,一垄一垄,全部是规规矩矩的,横着看,竖着看,都是整齐的。

忙完春播,会有一段闲暇时光,那些做小买卖的,换豆腐的啊,打香油的啊,锔盆子锔碗的啊,就开始走街串巷了。

豆腐是最常见的。大清早，听到悠扬的梆子声，大人便嘱咐孩子，去，换豆腐吃。孩子答应着，舀半碗黄豆跑出门。豆腐换回来，切成块，炖到锅里，开锅时点几滴香油，配上葱、酱、咸菜，便是一顿美味的早餐了。

夏天到了，要抢收抢种，地里忙起来。地里一忙，人便成了机器。连夜不休息，吃住在庄稼地。割麦子要早起，天凉，地湿，麦子不扎手。鸡叫头遍，大人就摸黑起炕了。地里黑而安静，只听到唰唰的割麦声。打麦蒌子、捆麦子、戳麦个儿，也都是悄无声息的。待到天亮，太阳毒了，麦子扎人了，人们便收起镰刀回家了。

麦子收割完毕，打谷场上又热闹起来。铡麦根子的，摊场的，轧麦子的，扬场的，人人都铆足了劲儿。西街卖冰棍儿的黄爷，一声悠长的吆喝"卖冰棍儿……"，孩子们准保朝着黄爷的方向张望，嘴里偷偷咽唾沫。拿了钢镚儿追上去，买了，撕开包装纸，舔一口，凉丝丝、甜滋滋的，就咂着嘴，眉开眼笑了。傍晚，麦子装好了，场里打扫干净了，大人们坐在场边抽烟。孩子们在场里撒开了欢儿，追赶着，打闹着。有时打红了眼，摔起跤来，一个骑在另一个身上，另一个努着身子，一挺一挺地挣扎。大人们见状，赶紧呵斥着，拉开了，说，一个叔，一个侄，闹恼了，让人家笑话。双方回到大人身边，仍愤愤不平的，说着自己的委屈。一会儿工夫，却又和好如初，就伴儿到麦秸垛下逮蛐蛐了。

秋天是另一种忙碌。地里的作物全都熟了，棒子黄了叶，干了包，金黄的粒儿从包里钻出来。谷子沉甸甸的，穗头朝下坠着，像羞赧的孩子。棉花一夜间全白了，一朵一朵的，千树万树棉花开。人们拴上布包，到地里拾棉花。虽然累，心里却是舒畅的。来了兴致，男人会放开嗓子唱：

"棉花白，白生生，萝卜青，青凌凌，麦子个个饱盈盈，白菜长得瓷丁丁。"

孩子正在地头玩耍，听到唱，歪着脖子瞅大人，一脸懵懂的模样。女人抿着嘴笑，说这么大岁数了，没个正形。

拾完"一遭地"（意指一个往返），要将包里的棉花卸下。孩子就高兴了，仰面躺在棉垛上，闭着眼，软软的，轻飘飘的，像是住到云彩上。蜢虫子在阳光下乱飞，"吊死鬼"凭着一根细丝在空中晃荡着，蚂蚱蛐蛐跳到身上来。空气里有棒子秸的甜味儿，有牛粪羊粪的臭味儿，也有太阳照耀庄稼散出的香喷喷的味道。

天也高了，天是瓦蓝的。云彩要比平时白得多，一朵追着一朵，缓慢地游动。偶尔也有一片乌云挡住太阳，天就骤然暗下来，也凉爽了，这时的风也是凉的。这样的云彩连不成片，不会有雨。不一会儿，果然飘走了，天仍是那么高，云彩仍那么白，一朵追着一朵。

傍晚时分却换了幅景象，白的云彩变成了红的晚霞，奇形怪状的，有的像马、有的像羊、有的像山、有的像树，一律红彤彤的，天空如同着了火。再晚些，露水渐渐冒出来了，打在人身上，便有了凉意。

田野静穆，夜鸟盘旋，空旷的地里，几座坟茔孤零零地矗立着，格外苍凉。

收完棒子，耩上麦子，一年的劳作告一段落。待到麦子长到拇指高，天就日渐冷了。大人们开始张罗儿女的婚事了。在董村，娶亲嫁女多在冬天。婚嫁跟耕种一样，都是大事。议亲、换庚帖、通大柬、行聘、送催妆，每个仪式必不可少。婚嫁离不开"落忙的"（意指帮忙的）。一进腊月，村里的杀猪匠便忙起来，张家王家李家赵家，日子如同棋子，一枚一枚在他脑子里排布开来。到了那天，早早地揣了刀子去了。主家在院子里支起锅，架起灶，提前备好大盆，用来接猪血。孩子们则眼巴巴在旁边围着、瞅着、等着，待到杀猪匠将割出的尿脬扔过来，便一哄而上抢过来，拿打气筒打满气，系上绳子，高兴地在院里踢着玩儿。

杀了猪，心里有了谱儿，主家便找主财拉菜单：摆多少桌酒席，买多少酒，鸡鱼各多少，烟买"官厅"还是"迎宾"，白菜、豆腐、香油、麻汁、炮仗、茶叶、花椒、大料，一样一样写到红纸上，由主财差人去买。

婚宴前一天要先"落桌"，宴请厨师、主财、账房先生一干人等。婚礼当天，厨房的、账房的、端传盘的、掌烟酒的各司其职。婚宴分"二顶八"跟"四顶六"，数字表示荤菜与素菜的搭配。无论哪种规格，"芙蓉鸡"都是最金贵的，也是必不可少的。这道菜据说是皇宫里传出来的,做起来极讲究,前前后后十几道工序。一上桌,大人孩子准是一顿疯抢。

新媳妇娶进门,主家便踏实了。很长一段时间里,那些新嫁到董村的女子,会成为人们的谈资:广盛家的嘴馋,给生病的婆婆蒸一碗鸡蛋羹,自己却要偷偷舀两勺吃;红军家的能干,洗衣、做饭、挑水、和泥,比大小伙子都强;小亮家的不孝顺,进门三天就闹着分家,把账都给了公婆;立柱家的"随家门子"(意指跟家里人一样),见着长辈儿不知道说个话。

那些女子,在董村开始了漫长而琐碎的生活。

她们长年累月在脚下的土地上劳作、生产、通婚、繁衍。她们学会了纺线、织布、纳鞋底。她们跟着婆婆学着刷锅、洗碗,缝缝补补。后来,她们生了孩子,一个、两个或者三个。她们给孩子缝了肚兜,教他们唱歌谣,看着他们一天天长大。四季轮回,她们也老了。脸上布满皱纹,牙齿掉光了,嗓子沙哑了,走路颤巍巍的。某一天,她们病倒了,生命成了风中的稻草,纤弱、飘摇。她们相继死去,在戏班子吹吹打打声中被儿孙埋进坟里,从此长眠地下,一了百了。

人生一世,草木一秋。在她们短暂的一生中,她们也曾经偷偷喜欢过某个人吧?她们也曾为了某件事感到后悔吧?在人生的最后时刻,她们念念不忘的会是什么?她们有没有想过离开董村,看看外面的世界呢?

也许有吧,希望她们有,又希望她们没有。

买　　卖

逢着集日，父亲把做好的家什用推车推到集市上卖。

家什有板凳、切菜板、钯母子、马扎子，有时，母亲做的锅盖和炊帚，也让父亲一并带去卖。推车上满满当当的，像小山。

偶尔，我被屋檐下麻雀的叫声吵醒，睡眼惺忪地趴在窗台上，看着父亲出门。这时，母亲做好早饭，到里屋喊我起炕。她准这么说，快起炕啦，看看都几点了，太阳晒到光腚喽。我头天玩得累了，夜里睡得沉，此刻仍犯困，便赖着不起。母亲没办法，只好由着我。

有时我起得早，便心血来潮地跟着父亲去赶集。

木作市在东街，挨着鹁鸪市跟粮市。卖家什的一共两家，除父亲外，黏虫叔也在。黏虫叔是西街人，学木工时跟父亲、赵二叔都是师兄弟。他与父亲卖的器物不同，父亲卖的是农具，黏虫叔卖的是炊具和日常用的东西，饭桌子啊，擀面杖啊，锅叉子啊，还有梳妆匣、脸盆架、搓衣板之类的。

黏虫叔是个好玩儿的人，见我跟着去了，就逗我，教我念四大黑、四大绿、四大白、四大红。四大黑是张飞、李逵、驴蛋、地雷。四大绿是青草地、西瓜皮、王八盖子、邮电局。四大白是头场雪、瓦上霜、大姑娘屁股、白菜帮。四大红是杀猪刀、接血盆、熟透的柿子、火烧云。

这些新奇的事物，我从没听过。虽然粗俗，却也十分有趣，就咯咯地笑。

黏虫叔也跟着笑。

父亲在一旁听了，插嘴说，别听你黏虫叔胡咧咧。又对黏虫叔说，没个正经事儿，把孩子都带坏了。

黏虫叔三十好几了，仍没讨到媳妇。因为他的家境不好，眼又有些残疾，白眼球多，黑眼球少，虽然不耽误干活儿，也不耽误吃喝，但终究是个褒贬（意指可挑剔之处）。家里也曾给他张罗过亲事，一相亲，多是女方嫌弃他的眼疾，见过一面便不了了之。

卖家什不用吆喝，不用招呼顾客，其实是件闲差，父亲把东西摆好，便找个凳子坐下，点袋烟，跟周围人聊天。

板凳不好卖，一头晌只有两个询价的，问一声，拿起板凳看几眼，便走了。

倒是黏虫叔的家什卖得快。来了顾客，也不着急应承，只冲人家说，来看看吧。那人在摊位前瞧了半天，指着脸盆架问，卖多少钱？黏虫叔说，二十。那人嫌贵，说，黑龙村集才卖十二块的。黏虫叔说，十二块也有，料不一样，工也不一样，杨柳木一个价，松木一个价，有雕花一个价，没雕花一个价。那人说,二十,太贵了。却又舍不得走,只在那里咂着嘴。十五块吧,他说。黏虫叔没接话,自顾自跟父亲聊天。那人也就不再提十五块的事。沉吟了会儿,又说,十六块,怎么样?十六块不少了,黑龙村集上,松木雕花的也只卖十六块。黏虫叔说,都有本钱核算着呢,松木多少钱一方,雕花搭进去多少工夫,十六块,核算不着。那人便有些窘迫了,支支吾吾地说,便宜点儿,哪有做买卖一口价……

几番讨价还价,最后十八块钱成交。

父亲的摊位前生意惨淡,我也觉得无聊,等黏虫叔闲下来,便央求他带我到旁边的鹁鸪市看收鹁鸪的。

黏虫叔爱玩儿鹁鸪,也爱逮鹁鸪。他说,秋后不忙了,骑上车子到地里,下好夹子,撒点儿麦粒子当引食,一逮一个准儿,瓦灰、红绛、雨点、布花都有。运气好的话,能逮着戴"箍儿"的,有编号,是国家放飞的信鸽,能卖不少钱。戴鸽铃的也有,二筒、三联、众星捧月、子母铃都有,最厉害的十三太保,大葫芦连着两排小葫芦,响起来传得老远。

鹁鸪我见过,却没见过戴箍的鹁鸪,更没见过子母铃和十三太保,听黏虫叔讲着,只觉得非常新鲜。问他有没有鸽铃。黏虫叔说,以前有,后来卖了。我问,这么好的东西,为吗要卖掉?黏虫叔踟蹰了一下,没说话。

有时,父亲去集市买东西,会让我帮着守摊。我不懂买卖,心里有些怵头。父亲便教我,有买家来了,问多少钱,就说十二块。对方必然要还价的。我问父亲,要多少钱卖?父亲说，看你的本事了，八块是底价。又说，多跟你黏虫叔学着点儿，他可是个买卖精。

我便不再说话，心里将信将疑的。

父亲仍不放心，嘱咐黏虫叔，帮着照看一下。

父亲去买东西了，我只顾在原地坐着。果然有人来问价，我说十二块。那人没还价，转身走了。心里便犹豫着，要价高了，自己都觉得难为情。

再来问价的，索性说，八块。对方却仍说太贵，黑龙村赶集才卖五块的。问我，五块卖不卖？我学着黏虫叔的语气说，料不一样，工也不一样……却说不出哪儿不一样了。那人又说，做买卖都有"谎"，哪有一口价的。

我不置可否，只在原地吭哧着，脸憋得通红，说不出话来。

黏虫叔笑着来解围，说，这孩子不会要谎，太实诚，往常都是卖十块的，孩子既然说了，要的话八块钱拿走。

板凳终究没卖出去。

父亲回来后，黏虫叔跟他说起刚才的经历，父亲也被逗笑了。

黏虫叔是个买卖精，照理说，手底下算是宽裕，但他过日子却极节省，一年四季咸菜条子、酱碗，舍不得吃舍不得穿。有一回，父亲问他，攒那么多钱干吗？黏虫叔说，寻思着好歹讨个暖被窝的，生个一男半女，将来死了以后，坟头上能有人给添把土。便又询问起我们北街的冯老鸹来。冯老鸹是董村有名的人贩子，常从南方贩了女人卖到北方。

那个秋天，黏虫叔果然花钱买了个外地媳妇。黏虫叔结婚了，结了婚的黏虫叔像换了个人。他理了当下最流行的"板寸"头，衣服也是平整干净的，他还买了一副太阳镜，白天出门总戴着，遮住残疾的眼睛，这使他看起来洋气了许多。赶集时再碰上，他也不再说四大黑、四大红之类的话，而是给我讲他的生意经，怎么分辨买主的身份，怎么要谎，怎么讨价，遇到计较的人怎么办。黏虫叔说的，我似懂非懂，只随便答应着。他看出我有些心不在焉，便又说起拿铁夹子逮鹌鹑的事儿来。

有一回赶集，黏虫叔跟父亲说起他买媳妇的经过。他说，卖给别人都是一万，而他只花了六千。父亲问他，为吗省了这么多？他说咱是做买卖的，人跟物件一样，都讲究讨价还价的。黏虫叔说起这些时，嘴角堆着唾沫，显然，他对自己的经商头脑充满自信。

黏虫叔的生意到底还是亏了。他从冯老鸹手里买来的女人，只在他家待了半年，就逃走了。黏虫叔跟家里人找遍了四街，终究没找到。

谣言是后来传到黏虫叔耳朵里的，人们说，女人是被冯老鸹接走的，有人亲眼看见，冯老鸹套了辆骡车，从黏虫叔家接走了他的媳妇。黏虫叔带人四处找人的时候，那女人正躲在冯老鸹家里睡大觉呢。原来，那女人跟冯老鸹是一伙儿的，给黏虫叔演了一出"仙人跳"。

人们说，从南京到北京，买的没有卖的精。

转　　制

沿着北街筒儿一直往南，过"徐记"馒头房，再过一座小桥，就到了南街。

南街好，南街有供销社、牙科诊所和理发馆，比其他三条街都要热闹。董村四街，我们独爱到南街玩儿，大概我们骨子里都是爱热闹的人吧。

许多日子，我和臭蛋、喜力、文亮聚在一起。我们说，走啊，上南街玩儿去！

有时我们也说，走啊，上供销社玩儿去！

在我们印象里，供销社就是南街。供销社很大，沿街一排房子，足有十几间，一字排开，窗明几亮，倍儿气派。我们进了供销社，沿着柜台慢慢走，一边走一边看，扑克牌在不在，象棋军棋在不在，钢笔墨水在不在。

喜力喜欢下棋，他给自己用纸夹做了副象棋，用圆珠笔在棋子上写了"车""马""炮""卒"，又用塑料布画了棋盘，中间写上"楚河汉界"。不过，他的技术实在不怎么样，棋盘画得歪歪扭扭，字也写得难看，为此常遭到我们的嘲笑。

喜力却不以为然,他对我们说:"杀一盘儿啊,有本事杀一盘儿啊!"

喜力做梦都想拥有一副真正的象棋,木头的或者黑牛角的,吃子儿的时候,一块用力摞在另一块上头,发出清脆的响声,要多威风有多威风。每次到供销社,他总趴在柜台上,俯下身子,眼睛贴在玻璃罩上,使劲儿看。文亮说,离这么近,看到眼里拔不出来啦。喜力说,拔不出来更好。就给我们讲下棋的规矩,马走日,象走田,炮打接子儿连,车走一趟线,小卒子一去不回还。又讲马后炮、闷攻和重叠炮的用法。文亮不会下棋,听不懂喜力的话,自顾自到副食区看蜜三刀、蛋黄酥和槽子糕了。

我们一溜儿看下去,直到柜台尽头。尽头是五金和劳保用品,瓦刀啊、地龙啊、柴油啊之类的都在那儿摆着。我们不喜欢那些东西,往往走到近处就返回去了。臭蛋却乐意待在那儿,他喜欢闻柴油味儿,他说柴油是香的,比香油还香。他还说他长大了要当拖拉机手,天天闻柴油味儿。

逛一圈下来,便到门口的水泥地上玩儿斗方或者摔元宝。玩儿一会儿,觉得没意思,就走了。我们来了便来了,走了便走了,没人管。几个女售货员正在聊天儿,她们大概在说衣服的料子,的确良啊、腈纶啊、涤纶啊。她们忙她们的,跟我们井水不犯河水。

偶尔,她们也有忙的时候。她们忙,一定是因为"老猫"来检查了。

"老猫"是供销社的头儿,穿着白衬衫,梳着背头,嘴里有颗金牙十分显眼。那时,他常背着手,在柜台前逛游,查货,查账,问售货员卖货的情况,有时也帮着拿货,算账。他一来,供销社气氛骤然紧张起来,售货员们不敢闲聊了,纷纷回到各自岗位上,卖日化的卖日化,卖文具的卖文具去了。

有一回,我们在供销社的水泥地上玩儿弹杏核,正嚷嚷着,"老猫"从外头进来,不耐烦地冲我们挥挥手说,去去去,到外面玩儿去!

"老猫"沉着脸,怪吓人的,我们都怕他。后来的很长一段时间,我们都不去供销社玩儿了。

文亮说,不知道为吗,一想到"老猫"就觉得害怕。

臭蛋说,此处不养爷,自有养爷处。

我们都笑了,不知道他从哪儿学来的这句话。

那时,全国已经放开个体经营,西街口开了一家商店,店主人姓于,我们便管商店叫"老于家"。

我们说,走啊,上老于家玩儿去!

老于的商店里有自动铅笔,有拼图、游戏机和魔方。这些都是新鲜玩意儿,供销社没有,普通小卖部更难见到。商店是新的,所有商品全在玻璃罩里面,玻璃罩也是新的,趴在上头能照出我们的影子。我们跟老于说,把那支小象图案的铅笔拿出来看看。老于便撩开布帘,拿出铅笔,放到玻璃柜上。我们自然舍不得买,只拿在手里摆弄着,按几下笔帽,听咔嗒咔嗒的响声,或者放到鼻子下用力吮吸,新鲜塑料的味道,香喷喷的。

不宜看太久，太久的话，老于准问我们，买哪支？他这么问的时候，我们不知道怎么回答。我们把东西放在玻璃罩子上，装作没相中的样子，再站一会儿，赶紧离开了。即便如此，心里仍是欢喜的。

过几天又说，走啊，上老于家看看去！

老于家的商店红火起来，供销社的生意却每况愈下。到供销社买东西的人越来越少，"老猫"坐不住了，他动不动就对售货员发火。嫌她们对顾客不热情，嫌柜台里的货物都落满了灰，挂了蜘蛛网了。又说，你们到隔壁的商店去看看，人家是怎么卖货的？

人们说，平常都是猫吃鱼，这回倒让老于（鱼）把老猫吃了。

陆陆续续地，董村街上开起了茶叶铺、五金店、家电经销店和点心坊，照样是开一家火一家。每家店铺都从供销社的盘子里分走一块蛋糕。渐渐地，人们都不去供销社买东西了。

那年夏天，供销社被分割开来，一部分成了专门卖汽油、机油、潜水泵和电机的农业用品经销店，承包给了老于的儿子。另一部分仍由供销社经营着，卖些气门芯儿、松紧带、清凉油啊之类的日用品。

偶尔我们路过供销社，会到里头逛逛，供销社已不复当年的模样，变得愈发冷清。售货员大多已被辞退，转了行。剩下的两三个人，慵懒地坐在柜台后头，有一搭没一搭地说话，更多时候，只托着下巴，守着空荡荡的店铺发呆。

供销社解体后，老猫跟老于倒成了朋友，闲来没事常聚在一块儿喝酒。喝多了，老猫搂着老于的脖子说，人们都说，你这老于把我这老猫给吃了。你自己说说，到底谁吃了谁？

老于不说话，一个劲儿给老猫夹菜。

老猫说，老于，你说，你自己说。

老于便岔开话题说，老猫你又喝多了。

老猫说，谁说猫跟鱼天生是冤家？

说着说着，就趴在桌上，睡着了。

闲话慢慢传出来，人们说，老于在南街开商店，是老猫给出的主意。不仅如此，董村街的茶叶铺、五金店、家电经销店和点心坊，都是老猫鼓动着开起来的。老猫收了这些人的好处，具体是吗好处，人们不得而知。

老猫后来离开董村，搬到县城住了。供销社坚持了半年多，彻底黄了。

喜力终究没买象棋，他退学去了北京，跟他姐一起卖猪肉，偶尔我们在老家遇见，我问他，咱杀一盘？他摆摆手说，早忘了，口诀都记不住了。臭蛋大学毕业后去了成都，有一年我到四川出差，顺便去看他。我们在路边吃了烧烤，臭蛋说起当年的供销社，说起供销社里的柜台，说起老猫跟老于。许多汽车从路边驶过，臭蛋深吸了一口气，说，汽油味儿真香啊。

废　　园

金哥住在村郊，三间土房原是陆家的旧宅，后来陆家发迹，举家迁往省城，房子空下来。有中间人说合，金哥便搬进去住了。

房屋年代久远，已十分破旧，围墙被雨冲倒后，没再修葺，只找些木棒竹竿之类，用铁丝串联起来，围篱作墙，倒也光明透亮。只是私密性不好，路人打门前经过，只需一瞥，院里的人与物便尽收眼底了。

住处并不起眼，唯独房侧的菜园有点儿趣味。那菜园原是一处乱坟岗，岗上长满荒草，齐腰高的刺蓬上，缠着枝枝蔓蔓的菟丝子，虽然细，却极有韧性，不容易扯断。夏秋季节，一场大雨过后，岗上常见到裸露的白骨，短的有肋骨指骨，长的有腿骨椎骨，都是灰白相间的。我们打岗上过，常捡起小块骨头，当作土坷垃互相投掷，或拿在手里把玩，有时也趁别人不注意，偷偷塞进对方衣领。骷髅头也见过，只是经过水土侵蚀，已看不出原来的模样，也不知是男是女，是老是少，只孤零零地摆在那里，如同一盏破灯笼。骷髅头我们是不敢碰的，有时不小心踩着了，又惊又怕，赶紧一脚踢开，嘴里不停念"阿弥陀佛阿弥陀佛"，生怕那骷髅的主人找上门来。又有人说，仿佛看到那骷髅头的嘴巴动了动，便越发害怕，争先恐后地跑掉了。

都是从前的事了。那年开春，金哥将荒地开垦出来，刺蓬和菟丝子都被铲掉，扔到河沟里，骨头们也不知所终了。金哥在菜园里种了几架黄瓜、几株西红柿、一畦豆角和一畦韭菜，又修条水道，将井水引到园里，并时常施些土木灰、牛羊粪之类的肥料。不消几个月，园子竟成了气候，瓜果蔬菜一律枝繁叶茂，蓊蓊郁郁的。

夏日的黄昏，大地的潲热尚未散尽，天却渐渐黑下来。金哥家门口的官道上，人们结束一天的劳作，或是赶着牛车，或是扛着农具，陆续往回走。他们路过金哥的菜园，大多会称赞不已。金哥这片园子打理得不赖，种了这么多年庄稼，从没见过这么好的菜园。金哥的菜园比得上玉皇大帝的蟠桃园啦。看不出来，金哥竟是种菜的好手，上过学的，果然不一样。

那时，我才知道，金哥是村里的高才生，读过高中的，高考时离录取分数线差了几分，没考上，就退了学。只因他家条件不好，又没娶亲，便把他当作破落户，不自觉地看低了。

对于那些夸奖的话，金哥很受用。别人称赞时，便也附和着，隔着篱笆邀人家进来坐。偶尔有好事的，就真的进到院里。见金哥在地上垒了几块砖，砖上铺了报纸，上头摆了一盘蚕豆、一盘香肠、一盘豆腐丝，脚下那瓶"铁狮子"酒，已喝掉了大半。金哥请客人坐下,倒上酒,端到面前,说,来,咱喝两盅。自然极少有人真的喝,往往推说喝不了酒或是手头还有要紧事,说几句改天一定来尝尝之类的客套话,便回去了。

金哥于是继续喝酒,一边喝,一边翻看身边的报纸。金哥喜欢看报,他看报时有个习惯,要把报纸上重要的内容剪下来,分门别类贴在笔记本上。一页贴着:

出售鹌鹑

我场是本地区最早的鹌鹑养殖孵化场。愿为我区提供各种日龄的优种鹌鹑及种蛋、食用蛋。我场常年孵化,面授饲养技术,并提供销路,欢迎来人来函订购。

另一页贴着:

新型烟花

某研究单位研究成功五种新型烟花产品,从产品的飞行高度、笛声优美程度和持续时间以及加工安全性等方面都比同类产品优越,且成本低廉。这五种烟花是:飞天笛、飞天剑、红焰彩烛、亮天烛、笛音剂。生产这几种烟花设备简单,投资百余元即可。技术转让费一千九百元。

翻开下一页，贴的是：

收 购 壁 虎

我厂生产需要壁虎一百公斤，壁虎又叫蝎虎子，生长于墙壁暗缝处，全长约十厘米，捕后将头、腹、尾部固定在竹片上，微火烤干或晾干，无霉变腐烂、尾巴不脱落，收购价每公斤五十元，每条五分钱。欢迎广大群众交售。另，我厂大量收购枣花、槐花蜂蜜，以质论价。

有时，金哥把他的剪报本拿给人家看。他说，看看，发财不能只种地，种地是卖苦力，只能挣小钱。要有文化，用脑子挣钱。他还提到了死去的树哥，他说树哥开炼油厂是对的，他错在了没文化。没文化，只是蛮干就会吃亏。树哥吃了大亏，赔了钱，还搭了两条人命。

七月的一个傍晚，父亲带我去看金哥家的菜园。那时，父亲已从集上买了种子，他打算在我家院子里种些蔬菜，以改善家里的伙食。那个夏天，我们吃了太多的咸菜和腌糖蒜，我感觉，我的胃里已堆满白色的盐粒子。

那是我第一次到金哥家，他的屋子里黑着，没有电灯，也没有点蜡烛。月亮出来了，月光照着他的小院，院子里很静，没有风，枣树的叶子纹丝不动，唯有几只蟋蟀在墙根下撒欢儿般吱吱地叫。月光像霜，又像冬天里窗玻璃上结的冰花，总之是很好看的。好看的月光照在地上、篱笆上、酒壶上。金哥在月光下喝酒。

说来有些丢人，我躲在父亲身后，竟然忍不住流出了口水。金哥的酒可真香啊。

遗憾的是，那天晚上，父亲并没能如愿以偿地参观金哥的菜园，他甚至没来得及向金哥说明来意。金哥醉了，我猜，他的酒量原本就不大，或者那天晚上他喝得太多了。总之，那天晚上他喝醉了。喝醉之后的金哥坐在地上，仰面看着天空，他的神情呆滞，眼神散淡无光。良久，他冲着我和父亲挥挥手，再也说不出一句话。

我们再没去金哥家请教种菜的学问。父亲忽然改变了主意，他打算买些木料，存放在院子里，他计划用那些木料赶制一批小推车，秋收快要开始了，小推车很快会派上用场。父亲说，这样的话，我们就没有种菜的地方了。父亲还说，可千万不能学金哥，有了穷吃，没有了寻吃。对于我们家来说，吃菜是次要的，赚钱才是第一位的。

父亲既然这么说，我也没办法。心里赌气说，由他去吧，不吃就不吃。

出人意料的是，几天后的一个傍晚，我到"东天边"的地里拔草回来，路过金哥门口。他忽然叫住我："喂，老弟！"

金哥邀请我到他的菜园参观。那真是一块好园子，黄瓜顶花带刺，翠绿翠绿的，走在瓜架下头，叶子上的毛刺扎得人痒痒的。西红柿已经挂果，只是还未成熟，鸡蛋大小的也有，杏核大小的也有，一律水汪汪的，绿得发亮。

参观到最后，金哥摘了几根黄瓜交给我，他说："老弟，拿去吃吧。"

他的慷慨倒让我有些窘迫，拿着那些黄瓜，站在那里，不知所措。金哥后来像是想起吗，他起身回到屋里，过了会儿，拿出一本书。书的品相不好，没了封面，纸张也皱皱巴巴的，扉页上写着《北方蔬菜瓜果栽培实用技术》。他说："怎么种菜，上头都写得明明白白。"

最后，金哥支吾着说："兄弟……你能不能……让你爸……给做一张饭桌……"

他的声音很小，又有些含混，好像故意不让我听清似的。

我答应了金哥，我对他说，放心，包在我身上。我父亲是木匠，做木工是他的强项，区区一张吃饭桌子，对他来说，简直是小菜一碟。

回到家，我把黄瓜交给父亲，同时也把金哥的话转告给他。我对父亲说："金哥想要一张吃饭桌子……"

父亲没有说话，而是转身去了屋里，点了支烟。他没说行，也没说不行。

事情就这么放下了，我没再提起，父亲也没再提起。我却觉得有些愧疚，每每路过金哥的门口，就低着头，快速走过去,生怕被他发现。

过了些日子,约莫到了中秋节前吧,我再次见到金哥。在大队部门口,他正跟民爷求情。金哥在民爷的小卖部赊了账,一直没还。如今再来赊,民爷便不肯赊给他。不仅不赊给他,还要他把以前的账平了。

金哥说:"缓几天,爷们儿。有个项目,我正考察,爷们儿,你放一百个心,钱不是问题。"

民爷说:"不是不放心,你是上过学的,有文化。咱这小卖部,利薄。你先把之前的账清了,别伤了和气。"

金哥拿不出钱,红着脸,吭哧吭哧地说:"会还你的……很快就还你……我正准备……很快就赚到钱了……"

围了许多人,说三道四的,指指戳戳的。金哥应付了几句,借故走了。

民爷拿着账本跟周围人诉苦,说金哥这半年赊了他多少瓶子酒,多少香肠,多少兰花豆。

民爷说:"金哥算是完了,还念过书呢,混到这地步!"

金哥是第二天一早离开董村的。

那时,天刚蒙蒙亮,牛秃子早晨起来,拿了扫帚打扫大队部的院子,迎面遇见金哥。牛秃子跟他打招呼,问他干吗去。金哥说,去黑龙村车站坐车。牛秃子问他坐车去哪儿。金哥说,去深圳。牛秃子听说过深圳,但不知道深圳在哪儿。他问金哥,去深圳干吗。金哥说,考察一个项目。牛秃子问,吗时候回来。金哥却已走远了。

从那以后,金哥再没回董村,也没人见过他。秋天一过,地里的庄稼都已收割完毕,麦子也耩到地里了。金哥仍旧没有消息,屋旁那片菜园长久没人打理,已经荒芜。瓜秧全都枯死了,凌乱地搭在架上。西红柿早已经腐烂,发出酸臭的味道。韭菜也都老了,野草疯长,高过韭菜许多。

只有民爷隔一段时间就会想起金哥欠下的账,他拿着账本,念叨着:"金哥还欠着账呢,不知道这小子是死是活。"

姻　　缘

　　芸姨不是我的亲姨,她是母亲的堂妹,母亲未出嫁时,跟芸姨家住邻居。芸姨比我母亲小了整整十岁,又不同姓(母亲姓崔,芸姨姓潘),没有血缘关系,因此算不得近亲,"堂妹"的称呼是按邻世八辈排下来的。

　　芸姨嫁到董村前,我并未见过她。但母亲不同意我的说法,她一口咬定,我小时候曾见过芸姨。她说,房前屋后地住着,怎么会没见过呢。我说,没见过就是没见过,跟房前屋后有吗关系?母亲见我嘴硬,说,这孩子,不见黄河心不死,我问你,姥姥村里有个叫郑之栋的,对吧?我说对啊。母亲说,郑之栋在外地当官,发了财,给村里修路,记得吧?我说,嗯,是有这么回事。母亲说,路修完了,村里请人唱了七天大戏,咱们一块儿去姥姥家看戏,没错吧?我说,没错没错,唱戏的事儿我有印象。母亲说,那就对了。我说,怎么对了?母亲说,唱戏的时候,你芸姨就在戏台旁边卖塑料花,顺带着卖白开水,这回想起来了吧?我摇摇头说,没想起来。母亲被我气笑了,手指头点着我的脑门儿,骂我没良心,长大了准不是个疼人的。又说，小时候芸姨还抱过你哩。

我瞅了母亲一眼，没说话，爬到炕上鼓捣戏匣子去了。

一边鼓捣，一边在脑子里拼命回想。没错，姥姥村里是有郑之栋这么个人，在省城当官，路也修了，戏也唱了，塑料花跟白开水也有印象，可是，为吗偏偏记不起芸姨呢？

母亲转过身，对芸姨说，这孩子记性不大，忘性不小。

芸姨就打圆场，说，那时候他还小呢。有这么高吧？她伸出手掌，朝地面比画一下，代表我当年的身高。母亲说，嗯，也就这么高。

芸姨说，一晃都长成大孩子了，真是此一时、彼一时。

芸姨长得好看，属于歌星杨钰莹那一类型，娇小妩媚，声音也好听，说话时很柔，也很甜。不像我们董村别的女子，嗓门儿大，语速快，嗓音里夹杂着沙粒子。有时候我想，要是芸姨唱杨钰莹的歌，一定也会好听。

这些都是芸姨嫁到董村之后的事了。她嫁到董村，母亲多了个"堂妹"，我便多了个"芸姨"。

芸姨常到我家串门儿，跟母亲说话。那时她新婚不久，仍是一副新娘子打扮。她穿着大红的毛衣，罩着崭新的呢子外套。耳坠是银白的，飘着长长的流苏，她一说话，流苏就轻轻晃动着，随着她的身体左摇右摆。她是涂了口红的，是那种好看的淡红色，让我想起戏台上的崔莺莺。她擦了吗粉呢？白而细腻，稍一靠近，就能闻到说不清的香味儿。

母亲问她，擦得吗粉，这么香。芸姨说，她也不知道，是从县城的"人民商场"买的。有人管买,咱就只管擦。

母亲说,看把你美的。

芸姨吐了吐舌头,笑了。

芸姨到我家串门,手里常端着个苇叶编成的簸箩,里头装着灰白锃亮的草珠子。芸姨一边跟母亲说话,一边从簸箩里拿起草珠子,一颗一颗地穿起来。她说,她打算用草珠子穿成个门帘——她特别喜欢草珠子的味道。

母亲从簸箩里抓起几粒,闻了闻,说,是挺香,还光滑,穿成门帘一定好看。明年也在院子里种几颗。又说,下回别忘了给捎点儿种子来。

芸姨说,行。

再来我家串门时,果然带了一包种子给母亲。

芸姨住在村东头,她的丈夫名叫文峰,是个电焊工,在乡里一家五金厂做工。我对文峰的印象不好,有一回,我跟喜力在大队部门口摔元宝,文峰从喜力手里抢走了两个元宝,给了他的弟弟。

喜力找他要,他耍无赖说,借给他玩儿几天嘛,过几天一定还给你!

文峰兄弟走远后,喜力指着他们的背影说,这个鳖养的,真不是玩意儿!

我隐约觉得,芸姨嫁给文峰有些委屈,有点儿鲜花插到牛粪上的感觉。芸姨长得好看,人也好,完全可以找个更好的人家,嫁到县城或者省城也是有可能的。

听母亲说，芸姨为闺女时原本有个心上人，是同村的民办教师，两人从小青梅竹马一块儿长大，双方家里就给定了亲。男方是个很有才华的青年，样子也好，会写毛笔字，会画画，会用芦苇叶做成哨子吹奏各种小曲儿。芸姨跟他好了几年，原本到了谈婚论嫁的地步，那男孩儿却考上了国办教师，调到县城去了。国办教师可了不得，有国家编制，吃皇粮的，一辈子算是旱涝保收了。考上国办教师，是多少人的梦想啊。考不上，就是个站在讲台上的临时工，跟农民没吗分别。一旦考上了，就是母鸡变凤凰、俊鸟登高枝喽。

原本郎才女貌，转眼间，门也不当了，户也不对了。男方家里提出退婚，让芸姨提条件，说，耽误了孩子这么多年，补偿是应该的，只要答应退婚，要星星不给月亮！

芸姨倒也不背悔（意指蛮横不讲理），只说了句，退吧。

村里人替她惋惜，都说，打小一块儿长起来的，多好的一对儿啊，再说了，都订婚这么长时间了，就算是个畜类，也该有点儿挂念啊。

芸姨说，情况不一样了，此一时，彼一时。

半年后，芸姨嫁到了董村，成了文峰的媳妇。

不知道从哪天起，喊大喇叭的牛秃子开始提到芸姨的名字："潘芸，潘芸，马上到大队部拿信！"

通常我们正在吃饭，听到喇叭里喊，母亲总会问一句，谁会给小芸写信呢？

日子这么一天天过着。很快，春天来了，天暖了，风软了。我跟喜力、臭蛋他们常到打谷场放风筝、捉老鸹虫。我们通常玩儿到很晚，日头偏西了，打谷场上一片金黄，大喇叭里喊我们的名字了，才恋恋不舍地往家走。

芸姨的信件越来越频繁，每隔两三天，喇叭里准会喊："潘芸，潘芸，马上到大队部拿信！"

我们都没在意，那些都是大人们的事情，我们是小孩儿，我们有自己的事儿干。

那天回家已是掌灯时分，爬树时偏又将背心挂了个口子，心里因此有些忐忑。小心翼翼推门进屋，却发现芸姨也在。屋里没点灯，光线有些暗，借着幽暗的月光，芸姨正跟母亲低声说话。

我叫了声"芸姨"，她答应着，声音有些沙哑。我才发现，芸姨哭了，她的眼角挂着泪珠，眼圈也是红的。

母亲坐在芸姨身边，轻声安慰她。能说吗呢？无非是劝她想开点儿，说男人都有那么点儿臭脾气，女人都是苦命的，生下来就是受罪的命，不管多苦多难，日子总要过下去。

她们的声音都很低，多年以后，我读到张爱玲那句"低到尘埃里"，蓦然想起的便是那晚母亲与芸姨对话时的情形。她们都很低。不同的是，张爱玲的尘埃里开出了花来，芸姨的尘埃里吗都没有。

那天晚上，母亲展示了她作为"堂姐"的风范。她给芸姨熬了一碗鸡蛋汤喝，并让芸姨住在了我家。她说，给他点儿颜色看看，不管怎么说，动手打人总是不对的。

我才注意到，芸姨的眉角有一块淤青，此前，她一直把头发朝下抿着，尽量不让人看见。

芸姨一直在我家住了三天，婆家并没有派人来接。外头传出闲话，说芸姨不守妇道，一直跟县城那个国办教师通信，被婆家人抓住了把柄，这才动起手来。

事情闹得满城风雨，芸姨也不好继续在董村待下去。转过天来，她收拾东西，回了娘家。

我们的生活依旧如此。夏天了，我们到白塘洗澡，去田野里找马齿苋和野葡萄，到荒废的旧宅子里玩儿躲猫猫。起风了，我们就追着风跑，下雨了，我们就张大嘴巴接雨水喝。我们像上足了发条的机器，永远不知疲倦。

一天傍晚，母亲从姥姥家回来，在饭桌上，她对父亲说，中政自杀了。

父亲说，就是考到县城的那个中政？

母亲说，除了他还有谁，这么长时间了，这孩子就是放不下，死活要娶小芸。家里人怎么会同意？跟他爹叫起板来，被他爹打了几巴掌。他一时想不开，跳河了。

父亲说，好端端的日子，唉……小芸后来怎么样？

母亲说，还能怎样？出了这事儿，婆家不要了，娘家又容不下她。

母亲终究没说芸姨去了哪里，也许她仍待在娘家吧。后来，我多次跟母亲去姥姥家，路过芸姨家门口时，我特意朝里张望，却始终没有见过她。

母亲种下了芸姨给的种子，草珠子很快钻出苗来，并且长势很好。

秋天结束的时候，草珠子挂满枝头，风一吹，恣意摇曳着。母亲把草珠子摘下来放在簸箩里，忽然说，哪天见了小芸，让她帮着给穿个门帘。

狩　　猎

忙完大秋，日子骤然闲下来。舟叔跟贾爷商量，一起去打"毛儿"。

"毛儿"是"兔子"。我跟喜力都说打兔子，贾爷跟舟叔不说打兔子，说打毛儿。我觉得，他们这么说的时候显得特别洋气，便学他们，管兔子叫毛儿，说大黄能不能追上毛儿，毛儿为吗怕狐狸之类的。却觉得别扭，有些拗口，哪儿哪儿都不对劲。只好改过来，仍说打兔子。

舟叔说，"东天边"有块棉花地，春山家的，春山懒，不拾掇，都长疯了，棉花棵足有一人高，青枝绿叶的。大秋忙完，周围的玉米秸撂平了，毛儿没处躲，都藏在棉花地里。

又问我跟喜力，想不想跟着打毛儿去？我们连连点头，说，嗯嗯嗯，想去想去，简直太想去了。

贾爷不说话，卷了支烟，边抽边思量。

舟叔又说，打回来炖了吃，让孩子们都尝个鲜。

舟叔这么一说，我们马上流出了口水，像是炖好的兔肉正在铁锅里咕嘟咕嘟冒着热气，香气紫绕在灶台周围，只等揭开锅盖，我们立马围上去一顿胡吃海塞。

舟叔又问我们，想不想吃毛儿肉？

我们又点头说，想吃想吃。说完，觉得舟叔真是个大好人，一下想到我们小孩子心里去了。

我跟喜力眼巴巴瞅着贾爷，期待他做决定。

贾爷抽完烟，将烟头掐灭。这才说，打毛儿倒是没事儿，只是听说乡里正在缴枪，这会儿出去打毛儿，怕撞到枪口上。

舟叔拍着脑门儿说，倒把这茬儿忘了，缴枪的事早听说了，青云已经缴了。

贾爷问，哪个青云？

舟叔说，还有哪个青云，黑龙村那个宰剥子（意指屠户）。

贾爷说，他缴了？

舟叔说，缴了，一开始嘴挺硬，七个不服八个不忿，派出所一去人，马上软了，缴枪的时候抬头挺胸打立正，一句一个报告政府。

听舟叔这么一说，我们心里顿时凉了半截。

舟叔若无其事地卷支烟，嘬一口，故意把烟雾喷到我们面前，呛得我们直咳嗽。舟叔就笑。我们却笑不出来，沉着脸，不开心。

舟叔没理我们，过了会儿，又说起另一档子事，说他有个远房亲戚，前几年游手好闲，干些偷鸡摸狗的事儿，被政府法办过，刑满释放后，靠贩卖生猪发了财，每回往外走猪前，先

157

给草料里掺盐粒子，等到猪齁得挺不住了，再拿塑料管子给猪灌水，少的一筲，多的两筲三筲。水灌到肚子里，水就变成了肉。啧啧，北乡人就是比咱们聪明。

贾爷说，昧良心挣黑钱，这种人该再法办一回。

舟叔说，法办不法办吧，总归是挣到钱了，腰杆儿也硬了，买了辆"嘉陵"摩托，戴着金链子，说话牛×哄哄的。真是三十年河东，三十年河西。

我们不关心注水猪，也不关心舟叔那位"该再法办一回"的亲戚，我们只想去打兔子。扛着猎枪，挎着火药葫芦，背着皮兜子，威风凛凛地走在田野里，见到野兔，"砰"的一枪，兔子应声而倒，成了我们的囊中之物。多美的差事啊，想想都能笑出声来。更何况，还能吃上一顿香喷喷的炖肉。

可惜的是，那天谁都没再提起这件事。后来，他们在外间屋摆上桌子，玩儿起了"捉红枪"。直到傍黑，舟叔猛地想起吗，赶紧起身告辞，临走前不无遗憾地说了句，春山家那块棉花地啊，真是糟践了。

舟叔一走，我跟喜力大眼瞪小眼，彻底绝望了。

转眼到了深秋，白塘的水浅了，鱼在浅水翻着水花，我们便到白塘淘鱼。多数是鲫鱼跟白鲢，有小拇指长的，也有一拃长的，鲫鱼易活，捉回去放进水缸，能养很久。白鲢不行，娇气，碰不得，一碰就掉鳞，掉了鳞片很快就死。鲶鱼也有，须子长，黑不溜秋。鲶鱼爱溜边儿，喜欢在浑水里游，游得慢，因此极容易捉住。

天气渐渐转凉，鱼越来越少，有时淘了半天，只淘到一摊蛤蟆尿和几条灰泥鳅。我们便腻了，懒得去白塘了。

于是又想起打兔子的事儿，心里日日盼着。见到舟叔便问，东天边的棉花地还有没有，派出所还缴不缴枪。舟叔笑着问我们，想吃毛儿肉了？

我们就激他，说他说话不算话，不是好汉。

舟叔不生气，反而笑得更欢实了。

到底是盼到了。秋末的一天，贾爷跟舟叔答应带我们去打猎。

阳光很好，照得人身上暖暖的。天极高，且蓝，土地平坦而辽阔。人走在田野里，又矮又小，不值一提。

舟叔跟贾爷挎着长枪，我跟喜力背着皮兜子，兴高采烈走在田野里。大黄也特兴奋，摇头晃尾的，一会儿蹿到前头去，一会儿又跑回来，拿脑袋蹭贾爷的腿。

先在"洼子"和"状元坟"的几块棒子地里蹚了一遭，没找到兔子，倒是拾到几只鹌鹑蛋，舟叔说，拿回去蒸了吃，也不赖。便继续一路往东，来到"东天边"。

春山家的棉花棵果然高，我们走在里头，棉花的枝叶完全没了顶，又黑又潮，像走在地洞里。

按照舟叔的吩咐，我们负责从棉花地的一头走向另一头，并尽量闹出声响，目的是把藏在里面的兔子赶出来。舟叔跟贾爷端着枪，在地头等着，一露头，马上开枪，有点儿守株待兔的意思。

一切如舟叔所料，两只兔子从棉花地里蹿出来，正跑到他们脚下，枪一响，全打中了。

大黄蹿上去，咬住兔脖子，把它们叼过来，放到我们脚下。我跟喜力一人一只拎起来，端详半天，才装进皮兜子里，心里乐开了花。

还不错，那天一共打了五只，舟叔分了两只大的，贾爷分了三只小的，皮兜子里鼓鼓囊囊的，算是满载而归。

舟叔跟贾爷卷上烟，一边抽一边走。我和喜力有点儿累，走一段就要歇一会儿，顺便打开皮兜子，看看里头的战利品。

大黄也累了，不再兴奋地跑来跑去，而是跟在我们的影子后头，规规矩矩地走。

遗憾的是，我们并没能如愿以偿地吃上兔肉。第二天是大庄子集，贾爷一早骑车到集上，把兔子卖掉了。贾娘娘那会儿犯了腰疼病，隔几天就要到县医院做"牵引"。买兔子的是当地一家富户，他说，他家孩子最爱吃兔肉，还嘱咐贾爷，以后打了兔子，不用赶集，直接交给他家就行，有多少算多少，敞开口收。

舟叔的兔子也没有吃，而是偷偷给了春山媳妇。他不光把兔子给了春山媳妇，还帮她提水、担柴。春山媳妇为闺女时，跟舟叔好过一段。后来，女方家嫌舟叔穷，硬拆散了，嫁给了春山。舟叔说，她年轻时，最爱吃兔子肉。

舟叔偶尔还去贾爷家串门，遇到我们还问，打毛儿去啊？却终究再没成行。

那年冬天,董村开始缴枪了。一天到晚,牛秃子在喇叭上喊:"社员同志们请注意,谁家有枪,赶紧交上来!政府要求,有枪的赶紧交到大队来!"

不知从哪天起,贾爷原本竖在墙角的猎枪不见了,只剩下一个皮兜子,孤零零挂在墙上。

第二年开春,舟叔正式加入到贩卖生猪的队伍,有时早起,会看到他用皮管子往猪肚子里灌水。那些猪一动不动地躺在原地,肚子滚圆滚圆的,像一只只吹鼓的气球,仿佛随时都会爆炸。

盖　　房

炎热的夏季，走在乡间土路上，会遇到蛇穿过沙地时留下的痕迹。

沙土里的蛇痕光滑明亮，弯弯曲曲地横在路中间，像一截没头没尾的草绳。

逢着这样的场景，母亲会说，要下雨了。

我看看天，没有云彩，日头在头顶上，白花花的，照得人睁不开眼，丝毫不像有雨的样子。我说，这么热的天，龙王爷都躲到阴凉地儿喝茶去了，哪有工夫下雨？

母亲指指地上的蛇痕说，蛇过道，大雨到，这是老俗话。

我说，吗叫老俗话？

母亲说，老辈子传下来的就是老俗话。

我说，我不信。又打岔说，蛇过道，蛤蟆叫，龙王戴着破草帽。

母亲瞅我一眼，笑着说，这孩子，没正形，就会胡编乱造。

我朝她吐吐舌头，扭身到道旁的草丛里找大肚子蝈蝈去了。

吃过午饭,母亲让我睡午觉。我不想睡,只想溜出去玩儿。树上的蝉吱啊吱啊地叫,估计喜力跟臭蛋他们早拿了竹竿去树林里粘蝉了。

我央求母亲,别让我睡觉,我一点儿都不困,躺着也是白躺,没准儿越躺越精神。

又说,喜力、臭蛋他们从来不睡午觉。

母亲坚决不同意,说,他们是他们,你是你。

我无话可说,觉得母亲简直不可理喻,气鼓鼓地拿了枕头,扭过身去躺着。

母亲用扇子帮我扇风,扇着扇着,忽然说,你头上有几根红头发哎!

我不说话。母亲就自言自语地说,杨六郎就有三根红头发。于是又径自讲起杨家将的故事来,说当年大战金沙滩,大郎替了宋王死,二郎替了赵德芳,三郎马踏如泥浆,四郎流落到番邦,五郎出家当和尚……

睡醒午觉,出了一身汗。母亲在外屋洗衣裳,父亲从地窖提溜出西瓜,切了跟我们分吃。西瓜刚从地窖拎上来,翠绿翠绿的,瓜皮上挂着水珠,刀尖稍微一碰,立刻"嘭"的一声裂开。

父亲说,这瓜好,沙瓤的。从案板上挑块大的给我。

我捧在手里,咬一口,又甜又凉,西瓜汁从嘴角溢出来,又顺着脖子流到背心儿上,来不及擦,又吸溜吸溜地猛吃几口,甭提多滋润了。

吃完瓜,父亲到"东天边"给大队修机井。给大队干活儿,每天记一个"工分",一个工分五块钱,秋后直接抵提留款。父亲用铅笔在日历上画"正"字,干一天,写一笔。每隔几天,父亲就要从墙上摘下日历,认真地数着笔画数。

父亲出门后,我和母亲搬了马扎,到门洞里乘凉。母亲拿了一捆子韭菜,一边择一边跟对门的贾娘娘说话。贾娘娘也拿了一捆子韭菜,坐在她家门洞里。蝉在树梢拼命地叫,鬼哭狼嚎一样。

我想起中午母亲说过的金沙滩杨家将的故事,便缠着母亲继续讲。

母亲忽然想起了吗,便跟贾娘娘说,真奇怪,这孩子脑袋上有一绺红头发。

到傍晚,仍热得出奇。没有风,枣树叶子纹丝不动,院子像大蒸笼。吃过晚饭,我躺在凉席上,听戏匣子里播快板书。手里摇着蒲扇,仍觉得热。身子在凉席上也不消停,翻过来调过去,烙饼一样。

我说,天上是不是起火啦?

母亲说,安生点儿就好了,心静自然凉。

我不服,手里的扇子摇得更快,翻身的时候用更大的力气。

后半夜,忽然起风了。大风卷起屋顶的尘土与草屑,打着旋子,扫过地面。没等人回过神儿,雨点子便噼里啪啦落下来。我迷迷糊糊地从凉席上爬起来，拿了蒲扇跟戏匣子，往里屋跑。嘴里嚷嚷着，下雨了，下雨了。

母亲到屋门口接我，父亲则打着手电，去拿塑料布苫盖墙根下的柴火。

等父亲回到屋里，雨已经下密实了。父亲点上烟，在炕头抽。黑暗中，亮光一闪一闪。窗外是潺潺的雨声，很快，屋檐下的雨结成了水帘子。地面上的水流，虫子一样蜿蜒着涌向门口。一阵凉风裹挟着雨点飘进来，让人打起了冷战，忙把身子往回撤，躲到被单子里。

西屋漏雨了，父亲拿了脸盆、水筲接水，雨滴落在那些容器上，发出"砰砰砰""当当当"的响声。雨越下越大，很快，东屋也漏了。父亲又找出些瓶瓶罐罐接雨。屋里再没有睡觉的地方，我缩在墙角，眼巴巴地看着父亲。

父亲说，一定是屋顶上有了蚂蚁窝，等天晴了到供销社买油毡，铺上就好了。

我不说话，在心里埋怨，明知道要漏雨，为吗不早点儿铺上油毡呢？

雨夜里，我们沮丧地坐着。父亲不住地说起油毡。他信誓旦旦地说，只要天晴了，他立马就去供销社，找"老猫"买几卷油毡来。他说，房前拴柱家就铺了油毡，说是管用。为了表示诚意，他还打开钱夹子，拿出足够的钱，装进口袋里。他向我们保证，以后再不会让房屋漏雨，即便下十天半月的雨，你们也能"安稳地躲在被窝里睡大觉"。

天亮了，雨仍在下。柴火受了潮，灶膛里的浓烟呛得人流泪。雨势稍微弱些时，父亲穿了雨衣雨鞋，扛着铁锹去地里查看水情。他说，玉米正攒芯儿，不能淹了，要想办法把田里的水排出去。父亲出门后，我趴在窗台上看雨。心里想着，等天晴了到水簸箕蹚水或者跟臭蛋他们一起粘蝉去，便不停问母亲，这雨后晌能不能停？

母亲顾不上回答，她正忙着用抹布擦拭湿漉漉的凉席。擦完后，又从柴草屋里端了一簸箕锯末撒在地上。她念叨着，是该买油毡了。

第三天，雨总算停了。

雨停之后，父亲照例跟大队去修机井、挖阳水沟。忙完一天，便用铅笔歪歪扭扭地在日历上写下"正"字。他不再提起到供销社买油毡的事，他似乎不记得屋顶上的蚂蚁窝了。

那年秋后，中义家翻盖了新房，我去他家玩儿，特意用手指抠了雪白的墙壁。墙壁坚硬光滑，不像我家的老屋，一碰就会掉下浮土来。

我倒是信了母亲说过的老俗话，蛇过道，大雨到。

野　　味

雨季通常在七月。

逢着"连阴天",雨会一直下,从早到晚,淅淅沥沥的。几天见不到太阳,空气里湿气很大,被褥潮乎乎的,衣裳也是潮的。人们出来进去,都要穿着胶皮雨靴,雨靴是黑色的,靴子筒快到膝盖,走起路来突突作响,像电视里的国民党军官。

等到雨过天晴了,麦秸垛周围便生出蘑菇来。一朵挨着一朵,大的像茶杯盖儿,小的像螺丝帽儿。

不知谁先传出来,麦秸垛里的蘑菇可以炒菜吃,我们便跑到打谷场去采蘑菇。那时流行《采蘑菇的小姑娘》,我们一边采,也一边唱:采蘑菇的小姑娘,背着一个大竹筐,清早光着小脚丫,走遍树林和山岗……可惜,我们没有竹筐,只好把采到的蘑菇装在口袋里,口袋太窄,再掏出来时,已是折的折,断的断,缺胳膊少腿的,模样惨不忍睹。胖头也跟我们到打谷场,但他不采蘑菇,他说,这蘑菇有毒,不能吃,吃了会断肠子。他还说,这根本不是蘑菇,而是"狗尿苔"。我们问,吗是狗尿苔?他说,狗撒一泡尿,长出来的就是这玩意儿,不信你们闻闻。我们便把蘑菇放在鼻子底下，仔细闻，果然又腥又臭，心里一阵恶心，觉得那玩意儿肮脏污秽，赶紧扔到地上，又把揣在兜里的"蘑菇"统统拿出来，扔了。

单爷却不嫌弃，雨后，我们常见他弓着腰，倒背着手，围着麦秸垛找蘑菇。

单爷原先是村里的教书先生，教写字，也教打算盘。村里那些识字的人，金哥啊，麻爷啊，司马真啊，小的时候都曾跟着单爷念过书。

据说，单爷当教书先生时，学生们都怕他。他有个绝活儿——投粉笔。他在讲台上写板书，背对台下。底下有人低声说话，单爷不用看，转过身来，将手里的粉笔投向正在说话的学生，甭管他在什么位置，保准儿一击即中，绝了。

20世纪80年代后期，我念小学。我念小学的时候，单爷早已经不教书了。他买了几只羊，每天赶着羊群，到土坡上放羊。单爷成了羊倌儿。到底是有文化的，单爷跟别的羊倌儿不同。他放羊的时候，也把自己收拾得干干净净，他手里扬着鞭子，鞭子很长，鞭梢系着红缨，他甩鞭子时，红缨随风飘荡，很威风。晌午，单爷轰着羊群，腰里别着戏匣子，里头唱着戏：出城来步轻快和风扑面，猛抬头桃似火绿柳似烟……单爷也跟着伴奏唱，摇头晃脑的，很享受的样子。

他的羊群也是干净的，每头羊都是雪白的，像被井水洗过，身上的毛又光又软。

单爷爱喝酒，蘑菇采回去，要让单娘娘给他下锅炒了，当下酒菜。那些日子，我们见到单爷，总是隐隐地替他担心，怕他真的中了毒，肠子烂成马蜂窝。单爷除了吃麦秸垛里长出的蘑菇，也吃草蘑菇，也到树桩上采木耳吃。吃得不对付了，吐过几回，养几天，便好了。单爷当年挨过批斗。人们说，单爷心大量宽，阎王爷不乐意收他，又给送回来了。

改　　　嫁

三娘娘住在我家房后,是我本家的娘娘。

三娘娘是从门堂村嫁到董村的。三娘娘新婚当晚,村东的青年牛二前去闹新房,偷偷将她的便盆钻了个窟窿,又用胶泥堵上。当天夜里,被窝里漏得一塌糊涂。第二天,三娘娘将湿漉漉的被子拿出来晒,在村里传为笑谈。

提到牛二,三娘娘就红着脸说,你们说说,有这么没正经的不,嗯?

夏日的傍晚,下了学,倘若家里没人,我便到三娘娘家的水缸里舀水喝。

三娘娘脾气好,喜欢小孩子。我去喝水,她就说,哎哟,宝哎,慢点儿喝,别呛着了。

她不叫我的名字,而是一口一个"宝哎""孩儿哎",听起来很亲近的样子。

有时候,我喝完水,她就抓把瓜子或糖块儿装进我口袋,说,孩儿,快拿去吃吧。

瓜子是白皮的葵花子,我嗑不好,就随手抓几粒放进嘴里，连皮带仁乱嚼一通，瓜子壳上咸香混合的味道，让我心里美滋滋的。糖块儿是透明的玻璃糖，含在嘴里，用舌头拨来拨去，糖块儿撞击牙齿，发出清脆的响声，特好玩儿。那种糖在嘴里能含老半天，最后化成薄片，贴在舌尖上，仍是甜的。吃完后，拿糖纸蒙在眼上，对着太阳照，太阳变成了糖纸的颜色，跟平常完全不同，便觉得十分有趣。这样的糖块儿只在三娘娘家吃过。

有时饿了，也去三娘娘家，在院子里喊，三娘娘，我饿了。

她答应着，从屋里出来，摸着我的额头说，哎哟，宝哎，快来掰块馒头吃。果然就掰了块白面馒头，上头抹了麻酱，薄薄地撒了一层盐。三娘娘给的馒头多是新蒸的，又软又甜，麻酱喷香喷香，好吃极了。

我拿了馒头，坐在屋檐下的青石上，大口大口地吃。

三娘娘问我，你娘又下地了？

我点点头。

她又问，下地干吗活儿？耪地还是打药？

我也不清楚，只应承着点点头。

她便不再说话，看着我吃。

我吃完馒头，抹抹嘴，说，三娘娘，我走啦。便拎着书包，跑去玩儿了。

第二日饿了，仍去她家要吃的，三娘娘照例慷慨地掰块馒头，抹了麻酱，撒了细盐，给我吃。

三娘娘平日里不忙,她从不下地干活儿,她家地里的农活儿都是三爷一人张罗。三爷说,三娘娘太瘦,没劲儿,干不了地里的粗重活儿。在家待着吧,待着就挺好。

母亲说,没见过三嫂子这么娇气的。

贾娘娘说,三嫂子命真好,不干庄稼活儿,养得细皮嫩肉的。

三娘娘就叹气说,唉!

她也不说吗,只这么叹声气,便继续忙她的事情了。

春耕时节,别人家都是男女劳力一起下地,唯独三娘娘没事做,便在自家院子里开垦出一片空地,种下鸡冠花、茑萝、千日红和羊屎蛋子花。她给它们浇水,松土,用手把泥土里的石子挑拣出来,使泥土更加松软肥沃。她还学着施肥,将碎麦秸沤成肥料,撒在花垄里。几个月后,花枝渐渐绿了,越长越高,她用竹竿插起一圈篱笆,围在花旁边,以免家里的母鸡刨食,或是小孩子不小心踩进去,伤到了花苗。

盛夏,花都开了,红的、白的、粉的都有,各色花朵从篱笆中间挤出来,煞是好看。

三娘娘是极爱惜那些花的,花开的那些日子,她整日坐在花旁,剥花生、择韭菜、洗衣裳。有时我去她家喝水,她便给我讲,哪一簇是鸡冠花,哪一簇是千日红,她的语气里满是欢快,很骄傲的样子。

三娘娘爱干净,洗衣裳的时候,常在腰间系条围裙,她的围裙也好看,一块长方形的棉布,上头染着红色的碎花。两根细带子系在身后,打个活扣儿,看起来干净利落。

秋天一到,花陆续败了,花枝日渐干枯,花叶纷纷落下来。三娘娘拿剪刀把花朵剪下来,缝进布袋子里,做成花包。邻居去串门,她就把花包分给大家。

母亲也曾拿回过一个,她说,三嫂子整天缝这些东西,不知有吗用,不当吃不当喝的。后来,那个花包被母亲拆了,拆开的碎布缝了袜子,花瓣则直接塞进灶膛,烧了。

第二年春天,别人家忙着春耕时,三娘娘便重新开垦土地,用来栽花。花开了,她照例在花下洗衣择菜。夏日的夜晚,她跟三爷在花池旁吃饭。月亮照着花枝,影子投在地上,半明半暗。吃完饭,在花丛下坐着,慢悠悠地说会儿话。天渐渐凉下来,人也倦怠了,悠长地打个哈欠,这才起身回屋里。

秋天,三娘娘生了个闺女,给她取名"紫蕙"。

一晃几年,紫蕙三岁了。三娘娘很疼她,给她买好看的发卡、裙子、皮凉鞋,还把花园里的花朵摘下来,插在她头上,把她打扮得像个仙女。

三爷后来学会了打铁,他成了我们董村赫赫有名的铁匠。每隔一段时间,他就要骑着大架子车,载着打好的锉坯子,前往乡里的五金厂。经过一系列检验,那些经他手打制的半成品将漂洋过海,远销国外。

冬日里,我常去三娘娘家烧水。母亲说,反正打铁的煤炉一直热着,不烧水也是闲着。

三爷见我去了,大声说,小子,来了啊?便将水壶拎过

· 173 ·

去，放到灶上，吹风机呼呼吹着，炉火很旺。三爷夹出根铁料，在铁砧上叮叮当当地打，铁花四溅，如同烟花，是很好看的。

水放到灶上，我就去找三娘娘。那些日子，她的精神状态很不好，原因是，紫蕙病了。她的病有些突然，是在一个午后，忽然嚷着腿疼，三娘娘把她架到炕上，从此再没站起来。紫蕙一直在炕上瘫着，吃饭、喝水都要人伺候，坚持了半年，最终还是死了。

三娘娘后来又生了两个孩子，一个闺女，一个小子，闺女起名叫杜鹃，小子起名叫木樨。

她也疼爱他们，他们不小心摔了跤，她就跑上前，把孩子揽住，说："孩儿哎，快起来，快起来。"

他们不听话了，把土坷垃投进水缸里，或是把线板子填进灶膛，她也不生气，只自顾自地嘿嘿笑着。

那俩孩子却远没有人们想象得那么可爱。他们的眼神有些呆，还有些闷，杜鹃总喜欢把指头含在嘴里，而木樨的鼻翼上始终挂着一串长长的清鼻涕。

三娘娘忙起来了，她忙着给孩子梳头、洗脸、洗裤子，换着花样忙吃的，忙喝的。她顾不上院子里的那些花了。那些花因为长时间没人打理，全都枯死了。

第二年春天，她索性拆了花池和花架，不再种花了。

那时，三爷家的日子大不如前。而我已经上了初中，不再到三娘娘家去要饭吃。偶尔在路上碰见，只客气地招呼一声，三娘娘。她也随口答一声，就擦肩过去了。

乡里的五金厂后来倒闭了，据说欠了三爷不少工钱。三爷多次去讨要无果，只得熄了炉火，另谋出路。后来，他曾贩过牲口，种过梨树，都没挣到钱，日子每况愈下。香港回归那年，三爷经人介绍去了天津，在一家建筑工地上给人守夜，负责看守钢筋水泥，一年到头不怎么回来。三娘娘独自在家，守着俩孩子。有时，母亲做了好吃的，就差我给三娘娘送一些去。

进了院子，我叫她，三娘娘，娘让给你送吃的来。

她从屋里出来，将手里的吃食接过去，嘱咐我等一等，转身回屋，抓一把小枣，塞到我口袋里。

有时，我会在院子里跟她说几句话，问她三爷过年回来不？

她说，今年请了几天假，是要回来的。

我说，回来也好，钱永远也挣不完。

她勉强笑笑，没说话。

那年冬天，三爷终究没能回来。他死了。据跟他一起干活儿的工友说，他死的那天晚上，看起来"没有任何两样"，因为马上就能开工资回家了，他甚至还高兴地喝了两盅。谁知道，第二天早晨，工友叫他吃饭，发现他蜷在被窝里，身子已经僵硬了。

三爷死后，三娘娘守了三年寡，终于"往前走了一步"，跟了牛二，她的一双儿女便成了牛二的儿女。人们说，牛二走了狗屎运，不费吹灰之力，白捡了一儿一女。

三娘娘改嫁后，带着杜鹃和木樨搬到牛二家住，我家屋后的旧宅便关门落锁，长久再没人去了。

去年中秋节前，我回董村过节。母亲特意嘱咐我，去看望一下三娘娘。她说，三娘娘这一辈子，不易，小时候又最疼你……

那天下午，我带着儿子小毛去了三娘娘家。那时，她家刚刚翻盖了新房，房屋不多，只有三间，院子却很干净，屋门左侧种着石榴树，石榴已经挂果，个个都有拳头大。屋门右侧是水缸，缸里的水清澈见底。水缸旁边，几株桂花开得正艳，小院里弥漫着馥郁的香气。再远处，有个花园，红的、黄的、白的花们恣意开着。三娘娘说，老了，闲着没事儿，摆弄点儿花草，解解闷。

她边说边搬出马扎来，让我坐。又吩咐身边的孩子，叫伯伯。那孩子有些害羞，躲在三娘娘身后，不敢说话。三娘娘说，这是新生家的，叫得福，五岁了，还见不得生人。村里孩子，没出息，见不得大世面，不像你们城里人。我问三娘娘，种几亩地，收成怎样。三娘娘说，还剩四亩多，收成不错的，日子比以前强多了。

说着，到树上摘了两个石榴给小毛，说，孩儿哎，快吃吧。

那时天色已晚，一轮圆月缓缓升起来。月光照在三娘娘身上，一片洁白。

归　　宗

年糕不是吃食，是我的一位叔叔，因为说话慢，人又有些黏糊，村人便给他取个外号，叫年糕。

年糕叔跟我们同姓，但不算本家。我们家族根脉深远，同族间有严格的代际辈分，一辈一辈传下来，天下一统，杂而不乱。据说，我们这一支是大明朝从山西洪洞大槐树迁徙而来，历经数代通婚繁衍，如今香火繁盛，人丁兴旺，在村里算是望族。

年糕叔不算我们本家，他原本不姓孟，而姓"蒙"。父亲说，想当年，年糕的爷爷打外乡逃难来到董村，在村东废弃的砖窑里安家，为了跟我们家族攀上关系，这才更名改姓，把"蒙"改成了"孟"。

我说，他们属于假冒伪劣，就跟买墨水儿，拿"鸵鸟"冒充"鸵鸟"一样。

父亲就笑，说，也不怕他假冒，反正照规矩，活着可以称兄道弟，死后不能上家谱，不能入祖坟——外姓终归是外姓。

年糕叔兄弟六人，他排行老四，小时候，他家日子穷，老五老六都没成人，夭折了。年糕叔十六岁那年离开董村，只身去天津静海扛活儿，不知用了吗法子，娶了雇主家的闺女，便定居在那里。

平日里，我们极少见到他。见不到，便没有往来，也没人说起他。唯有春节临近，年糕叔拖家带口回董村过年时，我们才想起有这么个人。大家便又说起他，说他家原本姓蒙，不姓孟，想当年，年糕的爷爷坐地更名，算是攀了高枝。如此云云。

年糕叔叫吗名字，我记不清了，只记得他占个"广"字，大概是"广有"或者"广发"之类的吧。到底是"广有"还是"广发"，我却彻底忘记了。都行吧，反正是假冒的，"广有"也行，"广发"也行。

年糕叔回董村，大多是在腊月二十三那天。

腊月二十三，灶王爷上西天。按照习俗，这一天，家家户户要"扫房"。

一大早，母亲做熟饭，进屋吆喝着，起来起来，扫房了。搁平时，我定然要赖着，哼呦嗨呦，磨蹭半天，唯独这天，片刻不敢耽搁。母亲说，灶王爷他老人家忙得很，要上天参见玉皇大帝，汇报家家户户的情况，起晚了，耽误灶王爷赶路，可要负责任的。

母亲这么一说，我便麻溜儿地穿衣起炕了。

无外乎擦玻璃、扫地、擦橱柜、淘水缸这样的杂活儿，因为沾了灶王爷一说，母亲较往日更加庄重、小心，神情也与平时大不相同。

"扫房"时，母亲不让我待在家里，她嫌我话多，嫌我碍事，又怕我不小心打碎玻璃或者碰倒香炉之类的，这些都不吉利，是"扫房"的大忌。

这一天，我通常约着喜力、臭蛋他们去白塘抽尜尜。他们也闲着，大人不让他们待在家里，嫌他们碍事。

扫房是要忙一整天的，午饭将就，屋里杂七杂八，摆不开饭桌，就把脸盆上放一个锅盖，夹在一大堆锅碗瓢盆中间，简单吃一碗豆腐汤或是熬白菜之类的。吃完一抹嘴，又被打发出去玩儿了。

待到傍晚，回到家里，已是窗明几净，锅台、水缸、洋灰柜、梳妆匣子、桌椅板凳统统擦干净了，院子刚刚扫完，又特意洒了水，一股子好闻的新鲜的泥腥味儿。

母亲将请来的灶王爷贴在锅台旁，案前插了香烛，摆了一碗凉菜、一碗年糕，又破例给了我几毛零钱，吩咐我去小铺买几颗糖瓜上供。

饭桌上，父亲心情大好，他准跟我们说起那段著名的童谣：糖瓜辞灶，新年来到，闺女要花，小子要炮，老太太要个臭裹脚。

我不知道"裹脚"是何物，只隐约听说过"菱角"，以为是一回事，心想，老太太也够馋的。

腊月二十三的晚上，所有供品摆放齐备后，年糕叔准时到我家串门。

他总是笑眯眯的，嗓门也高，在院里喊："老哥，吃了没？我又来找你闲说话喽！"

父亲便站起身，把他迎进屋，顺带着问他哪天回来的，大人孩子跟着回了没之类的。

他都一一答了。

有时，我们正吃饭，母亲问他："再喝碗粥？"

他定要连声推辞，说吃过了，吃过了。怕我们不信，又说，吃了茴香饺子，晓兰爱吃茴香，一年到头不知道吃多少回。

母亲说："晓兰也回来了？"

他答："回来了，她是稀罕咱老家人的，她只是忙，身体也不好，一直吃着药……"

我总觉得，年糕叔来到我家，带着外乡人的客套。你给他喝水，他说不渴，刚在家喝了一大壶茉莉花茶。他还说，他喜欢喝茶叶水，晓兰给他买了不少，下回带点儿来，你们都尝尝。

你给他抓花生瓜子，他只象征性地捏几颗，放在桌子上，却不吃。父亲说，嗑瓜子儿，别客气啊。他便站起身，辩解说，哪里是客气啊，我来这里，跟自己家没分别的，打小我是在这儿长大的。说着说着，脸也红了。

他和父亲说的，大多是小时候的事。他们俩一起给生产队放猪，让猪拽进道沟里。他们到邻村的长果地里偷长果，被人追着跑。他们到王寺乡挑河挣工分，一路上小推车不知摔多少回。多数是年糕叔说，父亲一边附和着，一边点头。

年糕叔说话侉，带着点儿天津腔，辣椒不叫辣椒，叫"辣子"；好不叫好，叫"哏儿"；中年妇女不叫婶子娘娘，偏偏叫"大姨"。也不全都是天津腔，有时候说着说着，就回到董村话了，董村话也说不长，一会儿又跑回天津腔。整个一胡同里逮鸡——乱窜。

他这么说，我们都忍不住笑。他忙解释说，出去几年，连口音也变了，中不中洋不洋的，真是没出息。

我有些困了，听着听着，上下眼皮开始打架，撑了会儿，终于熬不住，趴在被窝里，睡着了。

一觉醒来，年糕叔仍在跟父亲说话。夜渐渐深了，他坐在门帘旁的椅子上，一只脚踩住横梁，另一只脚踏在地上。父亲坐在对角的炕沿上，倚着"被搁子"，慢慢地抽烟。

他们的声音很轻，语速也慢。年糕叔似乎在说自己的境况，他说起自己的两个孩子，占"昭"字，男孩儿叫昭义，女孩儿叫昭莉。昭义调皮，不服管教，三天两头逃学去镇上打游戏机，为此没少挨揍。相比之下，他更喜欢昭莉，安稳、心细，从不让他费心。他也说起"晓兰"的病，找医生看了，也不是吗大病，只是咳，没日没夜地咳，厉害的时候，要把肺叶子咳出来的架势……

父亲已经有些心不在焉了。老半天，他也不说一句话。他坐在炕头上，眯着眼，我怀疑他其实早已经睡着了。

年糕叔是吗时候走的呢，我完全不知道。睡不醒的冬三月,我太困了,我蜷在被窝里,睡得死死的,像一只冬眠的小兽。

第二天晚上,我们刚吃完饭,年糕叔又来我家串门。照例熬到很晚,有多晚,我也说不准。我中间醒过一回,撒泡尿,看见年糕叔还在说话,坐在对面的父亲已经呵欠连天。

第三天,第四天,日复一日。

临近年底了,家里渐渐忙起来,蒸馒头、炸丸子、贴春联、放炮仗,一派热闹景象。

不知从哪天起,年糕叔不来我家串门了。他不来我家串门,我们也没在意。过完年,他就回天津去了。他像一阵风,刮来了,又刮走了。

第二年,又是年前,年糕叔回到董村,仍到我家找父亲说话。这一回,他给我带来了礼物:一把塑料手枪,一架双筒望远镜,还有一支自动铅笔。我最喜欢的,是那支铅笔,我在十字街的商店里见过那样的铅笔,只需轻轻一摁,细铅就冒出一截,太神奇了。

那天晚上,年糕叔跟父亲提出一个请求:他想入我们的家谱,死后埋进祖坟。他说,能不能想想办法,跟长辈们……

父亲没回答,他坐在炕上,沉吟着。

他们很快转移了话题,说起当年一起挑河,小推车倒了好几回。说完了,年糕叔便走了。

年糕叔走后,我听到父亲说,这个年糕,果然黏糊,怪不得人们说他"熬干灯"。

年糕叔照例回董村过年，也时常来我家串门，却再没给我带礼物，也再没提入家谱、进祖坟的事。

时间过得真快啊，不知不觉的，十几年过去了。十几年后，年糕叔就老了。

老了的年糕叔，回董村的次数越来越少。我也只是偶尔听到关于他的消息：年糕买了辆面包车，在当地跑出租，买卖不错，有了钱，日子过得舒坦多了；"晓兰"死了，拖累了年糕大半辈子，年糕总算解脱了；昭义当了海军，待遇不错，吃穿不愁，就是常年漂在海上，一年到头不回家；昭莉考上了一所中专，在南方，毕业以后就留在那里，成了一名护士。至于是南方哪个城市，父亲也说不清。他说，广州吧，或者深圳，反正不是广州就是深圳。

去年冬天，年糕叔死了，死因不详。年糕叔死后埋在了静海，听说昭义、昭莉姐弟俩花大价钱给年糕叔买了块墓地，风水极好，是当年埋葬王公贵族的地界。

父亲也老了，他的记性越来越差，常常把张三当成李四，常常把一句话翻来覆去地说。

夜里，我常见他一个人坐在那里，点着烟，慢慢地抽。

去年春节，我回家过年，饭桌上，父亲忽然问我，董村到静海有多远？

我说，不远，开车去，约莫俩小时就到了。

父亲喃喃地说，年糕死了三年了，三天离家，三年离坟。我想着，抽空去送送他。

唱　　戏

　　董村有两个池塘，东边的大些，有名字，叫白塘。北边也有一处，小而偏僻，少有人路过，因此并不起眼，我们叫它小塘。雨季，小塘满了，有人打塘边过，只赞叹着"嚯"，好事者拾起块砖头，投到塘里试试水深，便不再去管它。秋冬季节，塘干了，灰褐色的土地上裂开拇指宽的纹，也没人理会。洗衣裳也不去塘边，洗澡也不到塘里去，久了，小塘便越发无人问津，就这么自生自灭着。倒是塘边的几棵柳树，深得雨水滋养，年复一年地生长着，棵棵都有碗口那么粗。每到夏天，墨绿的叶子罩在小塘上，蝉在树叶间恣意鸣叫，才使得小塘多了些生机。

　　柳树的主人姓南，约莫三十出头，因为家境不好，并没讨上媳妇，跟他的老娘一起住在塘边。父亲让我叫他南叔，我便叫他南叔。南叔的模样尚有些印象，大概是长脸、宽肩膀，看上去人高马大。虽不算胖，却总喜欢把肚子向前耸着，因此，走起路来有些晃荡，像池塘边打着摆子的鸭子，又像野地里长须大肚的蝈蝈。

听人说，南叔年轻时，曾在戏班子里应差，负责打锣、敲梆子，偶尔客串个小角色，《穆柯寨》里的管家，《铡包勉》里的衙役，《窦娥冤》里的监斩官，他都演过。他的嗓子不行，唱功也一般，只能糊弄外行，关键时刻拿不上台面，戏班平时不乐意带他，唯有人手奇缺时，才会找他凑数。话虽如此，南叔到底是风光过的，那一年，乡里搞文艺汇演，组织排练京剧《沙家浜》，乡长派人到各村选拔人才。南叔毕竟在戏班子混过，行内看不上，乡里却当成了宝贝，便得了胡传奎的角色。据说，那场戏演得非常成功，南叔扮上装，穿了军服，戴上军帽，摇头晃脑，真像那么回事儿。演到《智斗》一场，戏也到了高潮。

刁德一：这个女人不寻常。
阿庆嫂：刁德一有吗鬼心肠。
胡传魁：这小刁，一点儿面子也不讲！
阿庆嫂：这草包，倒是一堵挡风的墙。

演到这儿，南叔扮演的胡传魁，摸着自己的肚子，对台下说"俺还真是个草包"，引得观众一阵欢呼。

"真是个草包"这句，戏词里没有，是南叔临时增加的，为的是跟观众套近乎，调动气氛。台下都是土老百姓，听不懂"垒起七星灶，铜壶煮三江"，却听得懂"草包倒是一堵挡风墙"。

戏在乡里引起了轰动。很长时间里，人们都在谈论这出戏，说刁德一怎样怎样，阿庆嫂如何如何。谈论最多的，还是南叔，人们说，南叔的肚子，真的跟草包一样。

一来二去，南叔便落下"草包"的外号。

生产队末期，老百姓日子仍过得艰难，红白喜事都是草草办结，没了那么多礼数，更请不起戏班。戏班子没了雇主，办不下去，大伙儿节衣缩食，硬撑了半年，到底还是解散了。戏班里的人只得各谋生路：掌班的识文断字，用仅有的积蓄买了辆旧客车，往返县城跑客运。当家花旦"小红鞋"，模样俊俏，人也灵透，掌班留她在车上卖票。其他人呢，也各有各的道：吹笙的当了厨子，吹喇叭的成了瓦匠，敲鼓的托关系进了县玻璃器皿厂，当了一名业务员，负责天南海北陪客户喝酒，推销他们厂的鱼缸跟花瓶。

南叔既没文化，又没手艺，只得回到村里，开了间豆腐坊，自己当起了掌柜。

南叔回到董村时，我已开始记事。印象中，他与我家极少往来，只有那么一回，大概是初春的早晨，他拿了块榆木来我家，请父亲帮忙凿成梆子，做串乡卖豆腐的家什。

父亲问，咋想起开豆腐坊了？

南叔说，都是敲梆子的，一个在台上，一个在台下，总算没荒废了这手艺。

说完，就笑了。

梆子做成了，南叔要给钱，父亲没收，说，材料是你的，没本儿。南叔说，那不行，没本儿，搭了工夫的。父亲说，土老百姓，工夫不值钱。南叔没说吗，拿着梆子，走了。过两天，却亲自端来满满一盆豆腐，说新出锅的，给大人孩子尝尝鲜。

晚上吃饭，父亲说，这个草包，穷归穷，却仁义，别人敬他一尺，他敬别人一丈。又说起他是有名的孝子。生产队的时候，背着他娘走十几里路去看病。自己连窝头都舍不得吃饱，省下钱给他娘买"一兜肉丸"的包子。

父亲对我说，以后见面要管他叫南叔。

三里五乡，论唱戏，南叔好歹算个门里人，论做豆腐却只能属二流。董村一带，谁都知道，贾爷才是做豆腐的行家。一样的豆子，一样的石磨，一样的卤水，做出来的豆腐却是一个天上，一个地下。买卖行，不怕不识货，就怕货比货。贾爷做的豆腐干净、嫩，出锅带着豆香，不出村就被抢完。南叔的豆腐粗糙，卖相不好，还带着股焦煳味儿，往往推着车叫卖大半晌，还剩下不少。

人们说，在董村，贾爷的豆腐不卖完，草包的豆腐不开张。

南叔的豆腐坊经营了不到半年，便关张了。

后来，他似乎又做过几种营生：卖过糖葫芦，卖过切糕，当过几天的牲口经纪，还在砖窑推过砖坯。有段时间，他还找过"小红鞋"，想着托她的关系，跟掌班搭个话，让他跟着一块儿跑运输，结果也是石沉大海，不了了之。再后来，他又做吗买卖？也许有吧，谁知道呢。

南叔没挣到钱，日子越发艰难，老娘却又害了病，每月要到乡卫生院看病、拿药。有一回，听说他跟乡卫生院的胡大夫打了一架，原因是，他欠了医院药费，还不上，胡大夫不肯再给他开药，他背着老娘，在医院门口赖着不走，后来双方动起了手，南叔打断了人家一根肋骨，此事还惊动了派出所。

那之后的很长一段时间，我们都没见过南叔。有人说他被拘留了，一时半晌出不来。也有人说，他已经被放出来了，但要给受伤的胡大夫治病、赔偿，现在正到处筹钱呢。

那时正是初夏，小塘里的水渐渐干涸，人们把垃圾堆到塘边，也把死猫死狗扔进塘里，塘水浑浊不堪，水面漂浮着腐败的树枝、浓密的水藻和大大小小的旧塑料，风一吹，发出难闻的腐臭。

入伏后的一天，南叔突然来我家找到父亲，商量着把小塘的几棵柳树卖给父亲。

父亲说，不过碗口粗的木头，没成材，刨了可惜，要卖，也不值几个钱，太亏了。

南叔问，能给多少？

父亲摇摇头，没说话。

南叔没再强求，借故说了会儿别的，走了。

南叔走后，父亲说，要不是为着秋后翻盖房，没有闲钱买木料，无论如何该帮他一把的。

雨季来临，董村下起了暴雨，雨真大啊，村里的老人们说，打记事起都没见过这么大的雨，再这么下去，怕是要发水灾了。白塘满了，北边的小塘也满了，雨水冲垮了水簸箕，也冲倒了岸边的柳树。树是南叔的，有人说，南叔疯了，竟想着到水里刨树，他是把自己当成龙王了。也有人说，南叔并没有下水，他看着那些快要没顶的柳树，当时便瘫在了地上。

没人在意这些谣传，这些不是我们所关心的事。我们只顾着在大道上玩儿，大道宽、敞亮，雨水在道中间缓缓流着，看起来非常干净。我们把脚伸进水里，让流水在脚底淌过，像柔软的虫子。

那年秋天，南叔的老娘咽了气。南叔请了戏班子，大办了一场。戏班子能耐不小，吹的是《大悲调》，唱的是《秦雪梅吊孝》，人们说，草包他娘走得算是风风光光了。

生活变化真快啊，不过几年时间，我们所处的时代发生了翻天覆地的变化。十字街的供销社已经倒闭，如今建成了一家大型超市，供销社主任摇身一变，成了总经理。理发馆变成了美发厅，黑色的头发可以染成葱心绿、灯笼红，还可以烫成波浪卷。村里的青年们，骑着摩托车，在街上风驰电掣，音响里大声播放着："快使用双截棍，哼哼哈嘿！习武之人切记，仁者无敌！"

人们说，变化真快啊，一天一个样。

南叔成了村里的闲人，流浪汉。他老了，头发变得花白，脸上的皱纹拧成一团。他看起来瘦了不少，肚子却依然耷着。他无事可做，常独自坐在门口的青石上，面无表情地望着北方，一坐就是一天。

听父亲说，南叔穷，但是不傻，村里的红白喜事，他都跟着帮忙，主家怜惜他，将剩菜剩饭都给他吃。他吃死者灵前的供品，也跟小孩子一起抢新娘子抛出来的"压腰钱"。

南叔死于几年前的一个冬夜，他终身未娶，死时没有亲人在身边。他死之后，他本家的子侄操持着，给他办了葬礼。

人们说，他年轻时喜欢戏班子里的"小红鞋"，他曾给"小红鞋"买过一只手镯，据说价值不菲。不过，这种说法并未得到印证，因此不知道是真是假。

唯一可以确定的是，这些年，村里人用装载车拉土，填进小塘里，又在上头盖起了新房，小塘彻底消失了，塘边的柳树早已不知去向。

喜　　丧

红胜表叔是哪门子的表叔，至今我也没闹清。

大抵是父亲的一个远房舅舅家的孩子吧，本就是七扭八拐的亲戚，而父亲的这位舅舅，偏又死得早。他死后，他的媳妇"往前走了一步"，改嫁到邻村，生下个男孩儿，就是红胜表叔了。

起初，父亲的确是这么跟我说的，不过，后来他又改口，说红胜表叔其实不是亲生的，而是领养的。从哪儿领养的呢？父亲说，这说不准，可能是亲戚家，也可能是别的人家，谁知道呢。这样一来，红胜表叔的真实身份便成了一笔糊涂账。

原本，我跟红胜表叔并不认识，只是那年秋后，他到我家当学徒，跟父亲学木工。进门时，父亲介绍说，这是红胜，论起来，是你的小表叔。于是，他就成了我的表叔了。

后来我想起他，总想到《红灯记》里李铁梅唱的："我家的表叔数不清，没有大事不登门。"我想，我跟铁梅类似，她的表叔数不清，我的表叔闹不清。

红胜表叔人样子好，国字脸，高鼻梁，浓眉大眼，在农村，算是精神小伙儿。他也健谈，说话嗓门儿亮，眼里闪着光，会说话似的。那一年，红胜表叔十六岁。他的身体开始发育，下巴上长出了胡须，淡黑色，细细一层，像刚出土的小苗。他也有了喉结——一个蛋黄大小的"肉疙瘩"，吞咽时上下滑动，很有趣的。他肩头的肌肉微微隆起，如同贴了吹鼓班里的小镲子，越是用力，那肌肉越是绷得紧。他提着两筲水，走路依然平稳，只是肩膀扡挚起来，胳膊比原先粗了许多。

清早，红胜表叔骑一辆大架子车到我家。他穿一件浅灰色短衫，里头套着白背心，下摆煞进腰里，看起来干净利落。我们正吃饭，他就在门口站着，父亲让他坐，他不坐。说站会儿好，顺便活动一下筋骨。

他有些客套，但并不让人觉得生分。相反，他的客套给人一种合适的分寸感。

母亲说，红胜懂事，像个大人。

红胜表叔是勤快的，干活儿不惜力。在院子里，他弓腰搭背，锯、刨、凿、锛，不停地忙。干一会儿，累了，出了许多汗，头发是湿的，鬓角挂着汗珠，背心也是湿的。父亲说，红胜，歇会儿吧。便停下来抽烟。红胜表叔不歇，他总要忙完手头的活儿，将成品归置好，又把周围的下脚料清理干净，才坐下来，跟父亲说话。

有时，父亲出门去了，到双喜家的磨坊里推磨，到云爷家里问牲口，或是去地里查看墒情。红胜表叔就跟我说话。这会儿，他倒是变得腼腆起来。问我，上几年级？我说，五年级。

他说，哦，五年级。便立在原地，笑着，有些窘迫。待一会儿，又问，上学累吧？我轻轻摇头说，不累。然后呢，便没话可说了。我继续在屋檐下写作业，他则伏下身子刨木板。刨印在光洁的木头上滑过，发出清脆的响声，"唰！——唰！——唰"，格外清晰。

临近阳历年，母亲给红胜表叔张罗了一门亲事，女方名叫文秀，是村西贵生叔家的二丫头。我对她有些印象：梳着大辫子，皮肤黑，小眼睛，脸上有大大小小的雀斑。平日里，文秀常跟贵生叔赶集做买卖，卖挂历，卖年画，卖全神像，卖灶王爷像，也卖学生用的田字格和横格本。

我觉得，文秀配不上红胜表叔。她长得不好，人有些闷，还有些邋遢——她的衣服总是皱着，脸上脏兮兮的，肩上挎着的布兜子也是脏的，就连里头的零钱也是皱的、不干净的。在心里，我暗自替红胜表叔惋惜。

红胜表叔竟爽快地答应下来。他对母亲说，他没意见，还说，赶集时，他是见过文秀的。只要人家不嫌咱穷，就行。第二天，他还特意拎了两包点心来，对母亲表示感谢。

红胜表叔跟文秀恋爱了。那些天，他的心情不错。他的话更多了，有时，也跟我闹着玩儿。问我，班里有没有喜欢的女生？长大以后要娶个吗样子的媳妇？又说，娶个白白胖胖的，大耳朵，长鼻子。他说这些话，总是笑嘻嘻的，脸上开出了花。干活儿时，他不由自主地吹起了口哨，很欢快的样子。在我家干完活儿，就去文秀家，帮着挑水、喂猪、浇菜园子。逢着集日，他跟文秀去赶集，卖挂历。在集市上遇见，他叫住我，拿两个横格本塞给我，说，拿去写字吧。

文秀也来我家，红胜表叔干活儿时，她就在旁边看着。她有些木讷，问她，就说。不问，总也找不出话茬儿。老半天，才挤出一句。再过半天，又挤出一句。红胜表叔停下来休息，文秀就掏出手绢，给他擦汗。问他，累了吧？红胜表叔说，不累。就没话说了，红着脸，低着头，摆弄自己的辫子。待一会儿，文秀起身告辞，说，走了啊。红胜表叔说，再坐会儿吧？文秀说，不了。红胜表叔把她送出门外，看着她的背影消失了，才回来。

那些日子，父亲跟母亲聊天时，常说起红胜表叔的婚事。他们跟我的感觉一样，觉得凭红胜表叔的精神头，人样子，应该找个更好的姑娘。找文秀，屈才了。却又说，俩孩子合得来就好，婚姻大事，谁能说得准啊。

转眼已是初冬。那天，董村逢集，父亲推了小车，去集市上卖家什。母亲去屋后的三娘娘家串门。文秀却没去摆摊，她拿了几支冰糖葫芦，来看红胜表叔。他们坐在屋檐下，说着话。我待了会儿，觉得无聊，回屋去了。

出人意料的是，红胜表叔竟然把文秀惹哭了。他们之间究竟发生了什么，我也不得而知。等我从里屋出来时，红胜表叔正在埋怨文秀。他在埋怨文秀，有些事不该瞒着他。他埋怨文秀时，也是小心翼翼的，声音很小、很柔，生怕他的话伤到了文秀。怎么可能不伤到她呢？文秀不说话，她只是坐在那里，哽咽着。

  红胜表叔于是不再埋怨她,只轻轻拉着她的手,坐在地上,望着空荡荡的院子发呆。文秀也不再抽泣,她慢慢站起身,回家了,她很累,双腿绑了石头一样。那天,没等到中午,红胜表叔也骑车回家了。他说,他忽然觉得头疼,需要回去休息。父亲赶集还没回来,红胜表叔嘱咐我,跟父亲说一声。他不断揉着太阳穴,看起来很难受的样子。

  文秀被查出了病。不是一般的病,是很严重的病,治不好,也活不长。

  母亲说,可怜的孩子,想不到,年纪轻轻就……

  第二天,红胜表叔没到我家来。

  第三天,也没来。

  听父亲说,红胜表叔不学木工了。他打算去外地,闯荡闯荡。临走前,来董村看望文秀,给她买了几件新衣裳,又留了些钱。

  父亲说,不学木工也好,一辈子待在农村,没出息,不如趁年轻,到外面走走看看。

  文秀后来不再赶集,也不再出门。在董村,我们都快把她忘了。听说,她病得更厉害了,跑了许多医院,答复都是一样,治不了。她总是哭。她还惦记着红胜,打听他的去向。她想见他一面,唉,哪有那么容易呢。

  文秀到底是殁了。贵生叔备了口薄棺,白发人送黑发人,又是没出阁的闺女,按董村的规矩,不设灵堂,不办葬礼。说是文秀年轻，又是晚辈，受不起大礼。

文秀死后的那年冬天，董村下了场大雪，雪下得真大啊，足有半尺厚，树上、屋顶上、柴火垛上，到处白茫茫一片。雪停住，我们都跑出去，打雪仗，堆雪人，在雪地里疯跑。

等到雪慢慢化开，地上开始结冰时，红胜表叔突然出了意外——他死在了工棚里。

消息是父亲带回来的。那天，父亲从外头回来，突然说，红胜没了。

母亲问，哪个红胜？

父亲说，来家里当学徒的红胜呗！他去了北京，在一家建筑工地打工，负责装卸货物。那天卸车时，捆钢筋的螺母突然滑扣，一车钢筋闷在身上。扒拉出来时，便断了气。

事情过去之后，贵生叔托人，将文秀与红胜表叔葬在一起。吹吹打打，摆了宴席，丧事办成了喜事。

人们说，这俩孩子，缘分不浅，命里该在一块儿的，兜兜转转，还是走在了一起。

玩　　闹

小亮抢了喜力的小人书，喜力跟他要，不给。喜力找小亮的大人告状，说你家小亮欺负人，抢东西。大人问小亮，怎么回事，又招惹是非。小亮说，没招惹是非，跟他闹着玩儿，闹急眼了。回屋里，拿了小人书，摔给喜力。回去路上，喜力翻开小人书，发现封皮完好，里头却被撕去了一沓。喜力哭了，跟我们说，小亮真不是玩意儿。不知怎么，这话传到小亮耳朵里。放学路上，拦住喜力，问，是不是背地里骂我了？喜力摇头，不敢承认。小亮就推搡喜力，喜力一个趔趄，倒在地上，小亮仍不解恨，又把喜力的书包抢过去，挂到树上。末了，跟他说，明天拿五毛钱，给我买烟抽。不然，揍你。喜力又哭了。

小亮路过大队部，见我们玩儿弹球，也跟着凑热闹，朝臭蛋借球。臭蛋不乐意借，小亮就故意捣乱，把球捡起来，扔到远处，咯咯地笑，说，借个破球，有吗大不了，赢了就还你。臭蛋只好借给他。他技术不行，净靠耍赖。输了，不认，说，先欠着，最后算账。赢了，却不提算账的事儿，拿了球，全装自己口袋。不一会儿，一把玻璃球都到他手里。说，不跟你们玩儿了，我去找党哥。说完，大摇大摆走了。

党哥，大名叫铁党，住在村后，是个游手好闲的人。早些年，因为偷盗外加寻衅滋事，判过几年。出狱后，也不收敛，始终剃着光头，敞着怀，手腕上刺个"恨"字，胳膊拿烟头烫了几个疤，圆的，很深，个个都有硬币那么大。

铁党爱喝酒，大年夜，喝醉了，闯进大队部，敞开大喇叭骂街。骂的吗，听不懂。骂谁，不知道。就是骂，稀里糊涂的，好像全村人都欠他的。牛秃子闻讯赶来，拦他，说，铁党，你这是干吗？有吗话白天再说。他不听，伸手打牛秃子。牛秃子不禁打，躺在地上，挺了。铁党捡起块砖头，把大队部门窗的玻璃全都砸碎，这才作罢。村干部找到他门上，好言相劝，铁党不听，举起酒瓶子砸村干部。村干部落荒而逃，说，这个滚刀肉，董村盛不下他了！后来，铁党放出话，他这辈子就这样了，他活一天，闹一天，村里甭想消停。

俗话说，秦桧还有仨相好的。在村里，小亮跟铁党成了朋友，成天跟在铁党屁股后头，一口一个"党哥"，抢来的烟，多半给了他。小亮学会了喝酒，并且跟铁党一样，手腕上也刺了个"恨"。

村里人说，真是鱼找鱼，虾找虾。

那年夏天，云爷家的羊被人偷了，云爷报了案。派出所来调查，怀疑是铁党干的。为吗？一是有前科，手不干净。二是案发那天夜里，有人在云爷家附近见过铁党。派出所去他家查看,没找着羊,只看见一地羊蹄子印儿。问铁党,你家里有羊?铁党说,没羊。又问,没羊哪儿来的印儿?铁党说,不是羊蹄子印儿,是拿凿子打纸钱留下的。又问,打纸钱干吗?答,给我爹上坟用。又问,你爹还活着呢,用你上坟?答,这两天就死,不死,就把他弄死。他爹卧病在床,听不见。娘却听见了,气得浑身颤抖,骂他,这么个现世报,我、我、我。铁党没等老娘说完,从旁边抄起块围板,朝他娘一照量,老人就瘫坐在地上。

云爷家的羊终究没有找回来,由于证据不足,没法给铁党定罪,只好不了了之。

铁党却不依不饶,几天后的傍晚,喝完酒,拎着挂炮仗,点着,在云爷家门前放,一边放,一边骂街。吵得鸡飞狗跳,四邻不安。云爷气不过,抄起铁锨,要跟铁党拼命。铁党指着自己脑袋,说,你打,你打死我,不打你是孙子!

临近腊月,铁党的本家侄子结婚,他去坐席。三杯酒下肚,老毛病又犯了。跳到院子里,骂骂咧咧的,说董村老的少的,都不是东西,说,谁谁给他脸色了,谁谁不借给他家什,谁谁在背地议论他了,谁谁不赊账给他了。

正嚷着,屋里出来个人,拎了条板凳,二话不说,朝铁党砸。

铁党蒙了,支吾着,酒醒了大半。那人冲上前,一脚踹在铁党胸口上,说了句,喝点儿猫尿就不是你啦?滚!

铁党从地上爬起来,定了定神,赶忙掏出支烟,递到那人眼前，嘴里一个劲儿认错，说，四哥，怨我，喝多了，您消消气，抽支烟。

那人是谁，在场的有人熟，有人不熟。不熟的跟旁边人打听，这人是谁？旁边人告诉他，西街的陈四。那人便点点头，这就是鼎鼎大名的陈四啊，怪不得。

陈四是西街人，早年有辆大货车，跑运输。在德州一带配货时，因为争抢地盘，打过几场硬仗，脸上身上留下不少刀疤。最厉害的一回，跟外号"五龙"的打架，把五龙打个半死，跪地求饶。陈四问他，我是四，你是五，今儿我问你，到底是四大还是五大？五龙满嘴血，说不出话，硬撑着，伸出五根指头。陈四急了，一使劲儿，掰断了他的拇指。最后，把五龙装进麻袋，扔到河滩上。

经此一役，陈四一战成名，逐渐垄断了砂石料市场。后来，听说五龙离开德州，索性改了行，再没见过。陈四的名声越来越大，开煤矿、开地下赌场、开酒店，生意闹大了，西四县跟德州一带的人都知道他，说他黑白道通吃，是个大玩闹。

陈四是新媳妇的本家，这次请来是上宾，大老板，人人都要高看一眼。人们说，铁党跟人家没法比，铁党是家雀，陈四是凤凰。铁党是臭水沟里的泥鳅，陈四是海里的龙王。人们说，铁党的邪门歪道，这回是碰到真佛了。

关于陈四的故事，我跟多数人一样，只是耳闻，并未亲见，只能姑妄言之、姑妄听之。据说，陈四发家，靠的是省城的关系。他每隔一段时间，就要往省城跑一趟。他去省城要开两辆车，一辆是面包，拉着老家的红薯、玉米、高粱。另一辆是轿车，吗牌子，不知道，反正都说是外国进口的。陈四坐在轿车里，拎着一只黑提包，提包里装的都是现金，一沓一沓，摞得整整齐齐。

孩子们经常说起陈四。当然，他们的说法往往前后矛盾、漏洞百出。比如，同样是面包车，庆国说，里头拉的不是红薯高粱，而是野鸡大雁，在金坡口中，却又变成了虎骨人参。金坡还说，陈四的黑提包里装的不是现金，是吗？告诉你们吧，清一色的，金条。红星的说法更为离奇，他说，陈四去省城，从来不开车，而是开他的私人飞机。他说，飞机多快啊，陈四坐在飞机上，"嗖"一下就到了，放烟花一样。

事情过去没多久，铁党去了县城，他成了陈四的司机。当然，不是开面包，也不是开轿车，而是负责开另一辆旧皮卡。铁党每天开着旧皮卡，拉着一帮"工人"四处要账。再后来，铁党介绍小亮过去。小亮虽然年纪小，但是个子高，被安排在酒店门口，当保安，负责给客人开门，弯腰弓背，说，先生您好，女士您好。

每次回董村，铁党总开着那辆皮卡，拉着小亮，两人穿得整整齐齐，头发梳成"中分"，喷了啫喱水，油光锃亮。见到村里人，就停下车，打招呼。打完招呼，一轰油门，绝尘而去。

跟村里人唠嗑，他们说起陈四，总是四哥长、四哥短。说话时，脸上堆着笑，眼里放着光。他们说，四哥这棵大树，一百年不倒。

陈四到底还是倒了。那一年秋季,赶上"严打",从外地调来一批警察,抓黄赌毒,现场逮住的,有陈四。陈四毕竟见过大场面,从口袋里掏出烟,点着,递给警察,说,兄弟,抽支烟。警察没等他把话说完,就把他铐起来,带走了。

后来传出消息,陈四判了无期,铁党二进宫,判了五年。只有小亮年纪小,罪过轻,批评教育一顿,遣散回村,算是躲过一劫。

那些日子,我们常见到小亮。不知吗时候起,他胳膊上的"恨"字不见了。他见到我们,也主动打招呼,语气和善,面带微笑。只是,我们仍有些怕他,见了尽量躲着走。

许久以后,关于陈四的故事,仍在村民中间流传。人们说,陈四是被人举报的,举报他的人,正是当年被他打败的"五龙"。那一年,五龙离开德州后,改行当了包工头,做建筑,后来做大了,拿下省城许多大项目。五龙的钱,没边没沿,风头早就盖过了陈四。也有人说,五龙跟省城的大官是拜把子兄弟。下令逮捕陈四的,正是那位大官。

人们还说,都是玩闹,"四"到底大不过"五"。

棋　　道

在农村，有一种人，相貌奇特：身材矮小，尖嘴猴腮，头形扁，像织布的梭子。董村管这种人叫"夹巴"。董村四街，有侯夹巴、蒋夹巴、何夹巴，还有孙夹巴。

孙夹巴是西街人，本名不详。他的毛病是"听新房"时落下的。村里人结婚的当晚，他躲在床底下听了一宿，后来就犯病了。神神道道的，还结巴，说话天上一脚、地下一脚，哪儿哪儿都不挨着。乡卫生院的大夫说，是淫疯，肝郁化火，火气上淤，迷了心窍。又说，北街的铁锁也是这个病，后来，买了个媳妇，就好了。

那时候，孙夹巴家里穷，没钱治病，就拖着，任他疯疯癫癫，四处游荡。病情时好时坏，赶上好，能认人，见到长辈，叫叔叔伯伯、婶子娘娘，冲人嘿嘿傻笑，嘴角挂着口水，晶莹闪亮，抻得老长。人家可怜他，给口吃的。发起疯来，乱跑，乱叫，谁也拦不住。尤其怕见大姑娘小媳妇，一见，准犯病，躺在地上抽，四肢蜷缩着，像只瘟鸡。

疯是疯，却独精一门——下象棋。修车铺的"老黑"下棋有名，三里五乡，没人下得过他，跟孙夹巴过招，没开过壶。邮政所退休的老宋，整天钻研棋谱，能背《心武残编》《梅花泉》《百局象棋谱》，够吓人吧，跟孙夹巴下，照样是手下败将。孙夹巴下棋出了名，常在十字街晃荡，等对手。有人叫他，说，夹巴，杀一盘？他就坐下，照例歪着头，睥睨着棋盘，三下五除二，拿下。再下，让人家子儿，先是一个车，后来车马炮一起让，照赢不误。

跟他下棋的人越来越少，有的嫌他脏，有的嫌他疯。实际上，都没说真话，真话是，怕输。下不过一个疯子，栽面儿！

没人跟他下棋，孙夹巴闲了，坐在桥头，朝水里吐唾沫，或是倚在青石上，喃喃自语。

那年夏天，县里派了位技术员，到村里指导棉铃虫防治。小伙儿三十多岁，是个棋迷，参加比赛，拿过奖。听说村里有高手，要会会。有人把孙夹巴找来。技术员一见，不高兴了，说，不带这么闹玩儿的。村里人说，闹玩儿不闹玩儿，杀两盘就知道了。双方坐定，起手，红先黑后，当头炮，跳马，出车，拱卒，飞象。摆开阵势之后，节奏慢下来。

落子前，孙夹巴挠他的夹巴脑袋，技术员手指揉着太阳穴。孙夹巴走一招，技术员就赞叹，啧啧。技术员走一招，孙夹巴就倒吸口气，又长出口气。看棋的人说，这回是刘邦遇上了楚霸王，好看。

人越围越多，双方都铆上了劲，鬓角冒汗，脸憋得通红，一枚棋，拿起来，又放下，思虑再三，才肯落子。那盘棋下了足足大半晌，到最后，棋盘只剩瘸士单象、几个卒。谁也杀不死对方，技术员要和棋，孙夹巴不肯，仍僵持着。过一会儿，技术员站起身，说，没烟了，得去买盒烟。再回来，却发现双方将帅对了面，技术员拿起自己的"将"，吃了孙夹巴的"帅"，赢了。

大家赞叹不已，说，这棋下得绝了。技术员擦擦汗，骑车走了。临走前，撂下两句话，一句是，人不可貌相；另一句是，小小董村，藏龙卧虎啊。

这两句话，成为孩子们的口头禅。那些日子里，我们见面，总会学技术员的口气，一脸严肃地说，小小董村，卧虎藏龙啊！然后，嘻嘻哈哈地笑。

说来也怪，打那以后，孙夹巴像受了诅咒，棋技直线下降，先输给老黑，又输给老宋，就连跟小孩子下，也负多胜少。有一回，我去修车铺，找老黑补胎。一群人正谈论孙夹巴，有人说，孙夹巴这是留一手呢，故意走错、失手，输。他要想赢，分分钟的事儿。也有人说，高就高在，他让着对手，一般人还看不出来。后来，传得更邪乎，说想当年，跟技术员那盘棋，技术员动了手脚，买烟回来，乘人不备，偷偷把自己的"帅"朝外挪一下，才将帅碰面的。孙夹巴当然看见了，但是他不说出来。

孙夹巴不疯，他是怕总赢，没人肯跟他下棋，这小子精

· 205 ·

着呢。

几年后,孙夹巴的疯病逐渐痊愈,从此不再下棋。谁找他下,便一脸茫然,说,吗叫象棋?咱哪会那高级玩意儿。

后来,孙夹巴娶了媳妇,生了个男孩儿,日子过得还不错。那时已是 20 世纪 90 年代,婚丧嫁娶习俗不断演变,董村一带听新房风气渐绝。孙夹巴的故事成了传说。

行　　医

董村人管骨头脱臼不叫"脱臼",叫"掉"。轻的,掉手指,掉下巴。厉害的,掉胳膊,掉大胯。甭管掉哪儿,都不好受。你看吧,哼呦嗨呦的,龇牙咧嘴的,哭天抹泪的,吗样的都有。

骨头"掉",崴了脚,挫了手,跌打损伤,都要到北街,找南大拿。南大拿正骨一绝,方圆百里,没不知道的。

黑龙村的牛三,老牲口经纪,赶集验牲口,让个骡驹踢断了腿,拉到乡卫生院,做透视,说骨折,得开刀,乡里治不了,要到县里。万般无奈,来找南大拿。大拿让他平躺,放松,双手在断腿处摸摸,揉揉,抻抻,捏捏。不消一袋烟工夫,好了。下了炕,没用人扶,自个儿溜达回家了。

东街打鞋楦的老冯,天生驼背,酒桌上,跟南大拿呛火。说,你能耐这么大,能把我这驼背弄平不?众人都以为他在说笑。没想到,大拿伸手在他后背捏了捏,说,有门儿。老冯说,牛皮不够你吹的,打赌?大拿说,打就打,你说吧,输赢怎么论。老冯借着酒劲儿,说,弄平,我给你磕头,认你当干老，活养死葬。弄不平，我后半辈子，你养着。大拿说，是这话儿？老冯说，在场的都是证人。大拿跟周围人拱手，说，到他认亲那天，请各位到场喝喜酒。结果，你猜怎么着，半个月工夫，愣是治好了。当然，干老的事儿并没兑现。大拿说，这么大岁数，认咱当爹，咱当不起，怕折寿。

人的名，树的影。南大拿的能耐，一传十，十传百。来找他看病的人越来越多，当官的、经商的、赶大车的、打铁的、劁猪的、锔盆子锔碗的，各行各业，三教九流，海了去了。

那些日子，常有外地的生人来董村，男的女的，大人小孩儿，拖着胳膊的，瘸拉着腿的，歪着脖子的，捂着腮帮子的，奇形怪状，无奇不有。进村就打听，南大拿家怎么走？别说，还真没有治不了的。来了，先让倚到炕上，问你，打哪儿来，干哪行，怎么伤的，这疼不，那疼不。说着说着话，告诉你，下炕，活动活动。一试，果然好了，变戏法一样。

那天，来了俩侉子，开小汽车来的。看打扮，都不是善茬，满脸横肉，脸上带疤，一个剃光头，一个镶金牙。两人都戴金链子，腰里别大哥大。一问，打塘沽港来，是拜把子兄弟，在码头上合伙干买卖。一问病情，说是光头的腰出了毛病，走遍各大医院，治不了。光头说得明白，只要看好病，车钥匙给你，车你留着开。大拿平心静气，号号病情，心里有了谱。正要开口，却被金牙叫到外头。在屋外，金牙说，南大夫，咱明人不说暗话，这么说吧，我跟屋里那位，买卖上是冤家对头，你想想办法，给他治不好，也治不死，我这……说着,拍了拍钱包,从里面抽出厚厚一沓,交给大拿。又说,办好了,都是你的。大拿笑眯眯地接了钱,收好。对金牙说,事儿我办,麻烦你,外面溜达一圈。回屋里,对光头说,这病我能治,但要先遭罪,能忍过去,万事大吉。光头说,怎么个遭罪法儿?大拿说,头七天,疼得要死要活,七天下来,症状逐步减轻,能行不?光头说,能能能。大拿说,还有一样,打我这回去,不管别人说吗,一个月以内,不许再让别的大夫看。这叫一事不托二主。光头点头同意。大拿便下了手,在光头的腰间拍打、按压、揉搓,好一顿折腾。光头疼得紧咬牙关,汗珠直冒。末了,急眼了,满脸怒气,问,你这是杀人还是救人?大拿说,有时候杀人也是救人。

事情过去半年,光头开车,专程来董村,车厢里拉的净是海货。光头跟大拿坐在炕头上,聊了半晌。那时,他已痊愈,面色红润,精神饱满,走路、蹲坐、弯腰与常人无异。

又一年秋后,打南方来了帮外乡人,说是老家遭了灾,一路北上逃难,靠打把式卖艺为生。傍晚,早早吃过饭,在大队门口撂场子。村里人都跑去看,围了个里三层、外三层。看不着,想办法,站凳子上,爬墙头上,爬树上,骑大人脖子上,就为了一饱眼福。

头一出,"钢枪刺喉"。俩半大青年,上台拱手、跺脚、运气,两头带尖的钢枪顶到喉咙上。两人铆足劲,把枪杆顶成弯弓。节目演完,周围一片掌声叫好声。

二一出,魔术,三仙归洞。三一出,杂技,顶碗。四一

· 209 ·

出,硬气功,钢枪刺喉。节目是一个比一个精彩,台下观众过足了瘾,掌声如潮,一浪接一浪。

演到最后,压轴戏,掌班叫出个孩子,不大,只有十来岁。上台来,先给各位叔叔大爷、婶子娘娘跪下磕头。掌班说,这是咱小子,怪他没投胎个好门户,跟咱遭了难,东奔西走,受了洋罪。今儿来贵地,让他演一出"大卸八块"。孩子一听,立马哭叫,说,不演,不演。转身要跑,被掌班拉过来,咣咣两脚。台下一阵躁动,有骂掌班狠心的,有替孩子心疼的。掌班说,说句实在话,这节目,演一回,伤一回,疼一回,孩子演怕了。又跟孩子说,不演不行啊,孩子,不演咱吃吗喝吗?演好了,婶子娘娘可怜,多赏咱口饭吃。孩子,忍着点儿,疼了,朝爹胳膊上咬,别松口。说着,一把拽过孩子,在肩膀上拉拽几下,将孩子胳膊生生卸下来。孩子疼得大哭,鼻涕眼泪混在一起。那"掉"下的胳膊,没了牵连,像钟摆一样,在空中晃荡着,左一下,右一下。人群又是一阵骚动,有人鼓掌叫好,有人蒙住脸不敢看,嘴里嘟囔着:"娘哎,娘哎。"

南大拿吗时候上的台,谁都没注意。他快步走上前去,一把拉过孩子,咔咔几下,将胳膊复位。转身对掌班说,糟践孩子,缺阴丧德,咱董村地界不兴这个。大小是条性命,没条件疼他,赖咱没本事,可是,咱总不能祸害他吧。以后别演了,这孩子,我养。

第二天,南大拿果然给了掌班一笔钱,有多少,不知道。

掌班感恩戴德，临走前，拍胸脯保证，从此再没"大卸八块"这一出。

还听说，掌班让那孩子认南大拿当了干爹。这也好，南大拿从小腿瘸，无妻无后，人们说，这回算是有个念想了。几年后，那孩子长大成人，专门来董村看望南大拿。见到的人都说，这孩子，白白净净，像个大姑娘。

孝　　顺

　　海爷去世早，海娘娘守寡多年，拉扯四个儿子长大，不易。

　　儿子们大了，各自有了营生：老大跑货运，拉五金厂的废料。老二赶五集，卖杂货，花椒、大料、肉蔻、香叶、干辣椒，吗都有。老三是瓦匠，年轻时去了关外，在黑龙江黑河落户，逢年过节才回董村。老四考了师范院校，毕业后在乡里的中学当老师。海娘娘老了，腿脚不便，把儿子叫到一起，商量养老的事儿。

　　老大说，照理，该我养，可我这买卖，没黑下没白下，怕精管不好，娘受了屈。老二说，你去看看吧，我那儿，像个猪窝，南房北房，东屋西屋，全是货，娘去了，没地界住。老三说，东北那旮旯，贼冷，娘受不了，冻个好歹，脸往哪儿搁。哥儿仨都说，跟老四住吧，娘最疼老四，供他上学，钱都花他身上，不像咱哥儿几个，没进过学校大门，字认得咱，咱不认得字。老四吐口唾沫，说，养行，打今儿个起，你们都别认这个娘了，四个儿子，剩我一个，你们哪儿凉快哪儿待着，活不养,死不葬,打幡抱罐,上坟烧纸,你们也甭管。老大说,老四你怎么说话呢,这么难听,信不信我扇你?铆着劲,往前蹿。被老二拦下,说,大哥,消消气,老四不是、不是那意思。老三由着他们闹,不说话,只闷着头,扎指甲。

商量来商量去,最后决定,轮着养,一家养俩月,不偏不向。问海娘娘,海娘娘说,轮着就轮着吧,只是,最好别去东北,忒远,又冷,怕还没熬到地界,就死半道上。问老三,吗意见。老三说,娘不去,不赖我。老四说,躲清静,甭想。老三说,谁躲清静呢,老四,把话说清楚。老四说,喊!老三沉默了会儿,说,这么着吧,我给东西,粮食、钱,要吗给吗,不能亏了咱娘。

事情就这么定下来。

老大条件好,平日里常买鱼肉改善生活。海娘娘一去,却不见了荤腥,一日三餐,咸菜条酱碗,偶尔熬一顿白菜,清汤寡水,看不见半点儿油花。有一回,赶集买了几个甜瓜,拎回家,藏在揞布下头,不让海娘娘看见。说闲话时,根生婶子问海娘娘,集上买的甜瓜好吃不?海娘娘一脸茫然,说,吗甜瓜?俺没见过。根生婶子意识到自己说漏了嘴,忙岔开话题。晚上,妇女们扯闲篇,根生婶子提及此事,仍懊悔不已。此事在村里传开,人们糟改老大,编了个歇后语,老大两口子吃瓜——光着腚。意思是,这俩人吃瓜,背人,白天不敢吃,都是等到半宿,躲在被窝里偷着吃。

老二精明,轮到他养老人的日子,早早赶着车,把海娘娘接过去，车板上铺了褥子，故意在人前显摆，说怕硌着老太太。老二嘴甜，会来事儿，却是驴粪蛋子捏菩萨——胎里坏。海娘娘怕黑，屋里常点着灯。久了，老二嫌海娘娘点灯费电，想了个办法，吃完饭就拉电闸，说是忙了一天，早点儿歇着。又说自己睡觉有个毛病，稍微有点儿光亮，就睡不踏实。天黑了，海娘娘没处去，在黑灯影里干坐着。背地里，人们给老二起个外号，叫瞎子，顺带着，管老二媳妇叫瞎老婆。为吗，因为只有瞎子从来不点灯。

老三按照约定，每月寄钱来，寄了俩月，没信儿了。写信催，回信说手头紧，过阵子补齐。过阵子再催，索性耍赖，说海娘娘老了，要钱没用，有吃有喝就行。粮食倒是按月寄，可惜，麦粒都是瘪的，里头掺了石子、瓷片之类的杂物。玉米脏得不行，像被牲口踩过，并且上头都是虫眼儿，这样的玉米，村里都拿来喂猪。消息传出去，老三在村里出了名。人们说，老三是吃猪食长大的。

老四铁着脸，整天没笑模样。海娘娘抽烟不对，洗衣裳不对，听戏匣子不对，出去串门不对。总之，是这也不对，那也不对。不对了也不明说，只摔打东西，笤帚、勺子、铁筲、鸡毛掸子，弄得叮当作响。有时急了，脱下鞋，打鸡，打狗，鸡吓得飞起老高，狗疼得嗷嗷直叫。海娘娘到他家，像个犯人，畏畏缩缩，生怕做错事。

哥儿四个，一路货色，惹得村里人笑话。于是，又传出顺口溜：老大光着腚，老二睁眼瞎，老三吃猪食，老四胡摔打。

话虽粗俗，却也在理。

董村人，信老理，讲究百善孝为先。不孝顺老人，大伙儿都瞧不起。

我问母亲，怎么才算孝顺。母亲说，孝顺，没凭据，各人行各人的善，各人积各人的德。又说，当年，海娘娘一个人养四个，现在，四家人容不下一个老太太。

老大的买卖，干了没几年，得罪了人，被打断了腿，瘸了，车抵给别人，日子逐渐没落。老二家娶了儿媳，新媳妇刚入门，就要闹分家，没分匀，翻了脸。新媳妇扇了婆婆一巴掌，说，谁不知道，董村街出了名的瞎老婆。老三彻底没了音信，据说因为偷盗，进了局子。老四有一回监考，突然晕倒，不省人事，到医院检查，血栓，栓住了舌头，从此再没开口说话。

董村有个习俗，每逢年节，村里的大喇叭就敞开，播戏，播西河大鼓，播快板书。这回，播的是《老来难》：老来难，老来难，劝人莫把老人嫌。当初只嫌别人老，如今轮到我面前……

铁　　匠

不知从吗时候起,董村兴起了打铁。丑爷打铁、云爷打铁、牛红军打铁。

骡爷也是这时候学会的打铁。

骡爷长得人高马大,有力气,百十斤的麻袋,扛起来就走。从大队门口扛到家,少说也有二百米,骡爷脸不变色心不跳,大气都不带喘。乡里组织挑河,河道几十米深,一辆小推车装满土,从河底冲上河沿,别人仨人一组、俩人一队,有推的,有拽的,有扶的,唯独骡爷,装车、推车、卸车,全都一个人,并且丝毫不落下风。村里人于是给他起个外号,叫骡子。

骡子下地啊?骡子赶集去啦?骡子吃了没?骡爷外表粗犷,却是个性格温和的人。人们这么叫他,他也不恼,只红着脸,低声答应着,龇着牙笑。

骡爷四十出头,仍没成家。他的名声不好。听人说,他年轻时,在乡五金厂干活儿,偷看女工洗澡,被捉了现行,从此,有了污点。男人常以此取笑他,大姑娘小媳妇则像躲瘟疫一样躲着他。没办法,在村人眼里,名节重于山。这种事,嘴上不说,心里却装着明镜。三里五乡的,提起他,都咋舌,脑袋晃得像拨浪鼓。

北乡有个热心肠,瞒着骡爷短处,给他介绍了一门亲事,彩礼也拨了,婚期也订了,女方却不知从哪儿得知骡爷有前科,便打了退堂鼓,彩礼如数奉还,还把媒人数落一通。后来又有人给物色了几个,大都有头无尾,没了下文。一来二去,骡爷的婚事,就耽搁下来。

骡爷住在喜力家房后,跟我家斜对门。我们去屋后的小塘玩儿,要从骡爷家门前过。路过时,无意间朝里看,骡爷正在草棚底下打铁,他坐在铁毡旁,弯着腰,埋着头。锤头敲打着通红的铁料,发出叮叮当当的响声,金色的火花便朝四面飞溅开来。炉火烧得正旺,映着他通红的脸,他穿一件藏青色的跨栏背心,腰里系了厚实的围裙,肩上的肌肉虬扎。他出汗了,便拿肩膀上搭着的毛巾抹脸。抹完脸,端起茶缸子,咕咚咕咚喝几大口,停一会儿,重新叮叮当当地忙起来。

骡爷看见我跟喜力,隔着老远大声问,你俩又跑去小塘啊?我们答应着,嗯。他便嘱咐我们,别下塘洗澡,入秋了,水凉,下到水里,腿会抽筋儿。也别离塘边太近,当心滑下去。我们懒得听,反倒觉得他多管闲事,往往没等他说完,便消失得无影了。

骡爷的老娘,我们叫她十奶奶,眼睛不好了,她常哀叹自己,成了半瞎子。大概是人上了年岁,总要找个依靠吧。十奶奶越发离不开骡爷了，骡爷走到哪儿，她便跟到哪儿。骡爷喂猪，她跟着到猪圈边；骡爷挑水，她就站在水缸旁；骡爷打扫院子，她也跟在身后。一圈一圈的，像推磨。骡爷忍不住，停下身，冲着娘笑笑，说，娘，你一圈一圈跟着我，像推磨哩。

进了腊月，年味越来越浓，村里人忙着杀猪、炖肉、蒸馒头、炸丸子，喜气祥和。除此之外，在董村，年底前家家户户都要"扫房"、擦玻璃、扫地、淘水缸，锅碗瓢盆都要擦洗一遍，为的是扫除一年的霉运，清清爽爽过个年。像往年一样，骡爷扫完自家的房屋，又拿了扫帚，将整个胡同扫干净，泼了水，压住尘土，胡同里焕然一新。人们从胡同路过，都说，骡子真勤快，又说，该给骡子琢磨门亲事了。骡爷便来了兴致，说，这点儿活儿，算吗？吗都不算。还说，往后，只要他活一年，就负责扫一年。人们说，呸呸呸，骡子，这么年轻，别瞎说，大过年的，不吉利。

大年初一，晚辈要给长辈拜年。董村拜年，有讲究，作揖要右手抱左手，由下往上，过胸，齐眉。下跪要伸右腿，前崩后弓，双手扶膝。磕头时双手扶地，弯腰，头触地。整个过程要慢，一招一式交代清，不能汤汤水水，一锅炖。要先对着全神磕，说，给佛爷的。再磕一个，说，给大伯的。再磕，给娘娘的。如此反复。赶上大户人家在一起过年，一个一个磕下来，膝盖跪得生疼。

遇上捣蛋的，索性说，这一屋子长辈，都磕在地上啦，自己划拉吧！

那年,父亲特意嘱咐我,到骡爷家拜个年。说,年前,你骡爷给咱打了不少两尖钉,给钱,说吗不要。

我听父亲的话,到骡爷家给他拜年。他从屋里迎出来,我跪在供桌前磕头,说,佛爷的。又磕一个,说,给十奶奶的。十奶奶却也跪下,跟着一起磕,念叨着,给家谱上的老爷爷老奶奶们磕了。磕完,我要给骡爷磕。骡爷却拉住我,说,骡爷的省了,骡爷受不起。看得出,骡爷很高兴,他拿了一把糖,塞给我,口袋里装得满满当当的。十奶奶踮着小脚,跟骡爷一起把我送到门外。

骡爷与我家的交往逐渐多起来。我家有了重活儿,刨树啊,破木材啊,彙粮食啊,骡爷闻讯,总要主动帮忙。我家蒸包子、做凉面、炸馃子,母亲也会拿出一些,让我送到骡爷家。骡爷呢,总会送我点儿东西,小刀片、小铁铲,或是小飞镖,都是他亲手打制的。回到家,我把那些玩意儿拿给父亲看。父亲叹口气,说,骡子是个明白人,不愿欠别人的。又说,有合适的,一定给他张罗门亲事。

我本家的一位堂哥,年轻时到钻探队打石油,在北乡结交了八个兄弟,号称"八大金刚"。严打时,七个都判了刑。剩下他,没处躲,回了董村。他来我家看望父亲,闲聊时,谈到骡爷。堂哥说,眼下倒有个合适的,不知道骡子有没有这福气。

一切进展超乎寻常地顺利。转过年的春天,骡爷迎娶了那位来自北乡的女人。女人长得好看,白净,高个儿,微胖。堂哥说，胖点儿好，胖点儿有福气。跟着女人一同到来的，还有她的一双儿女。他们原本有自己的名字，来到董村后，便改了名姓。姐姐叫金锭，弟弟叫留柱。名字是骡爷托大队会计李凤梧起的，意思是，一家三口"留"在董村、"定"在董村。

关于女人的消息，从她踏上董村地界的那一刻，便在人们口中流传。有人说，她的男人是鼎鼎大名的"八大金刚"之一，坐过牢，女人守着俩孩子等他出狱。没多久，又来个二进宫，这回判了无期。女人死了心，嫁到董村。也有人说，一家三口是被我堂哥拐到董村的。他从骡爷手里拿了不少钱，八千、一万，甚至更多。还有人说，女人属虎，命硬，已连续克死两任丈夫，迫不得已才远嫁他乡。

谣言漫天飞舞，我们不管。我们只知道，骡爷那些日子很开心。他和人说话时，总是笑眯眯的，他的笑跟以前不一样，是发自内心的，由内而外，皮笑，肉也笑。他越发勤快了，他请父亲把他家原有的家具重新刷了漆，他从集市上买回床单、被罩、枕巾、窗帘、碗筷，他还买了两只红色的花瓶，每只花瓶插了一束塑料玫瑰花。这些活儿，足够他从早忙到晚，不亦乐乎。

结婚当天，我们去坐席。骡爷外头穿了件西服，里头是一件板正的白衬衫，衬衫下摆煞进裤子里。人们说，骡爷一点儿也不像骡爷了，倒像电视里的明星。

放过鞭炮，典礼开始，人们让骡爷讲几句，骡爷紧张得说不出话。人们起哄，让他抱抱新媳妇。他更往后缩，逼急了，索性蹲在地上，不起身了。人们说，骡子，当初扒墙头儿的胆子哪儿去了？新娘子拦在骡爷前面，央求大伙儿，别闹了，别闹了。十奶奶坐在里屋，金锭跟留柱过来叫奶奶，她满口答应着，乐开了花，将俩孩子揽在怀里，可劲儿笑。

我问母亲，该管留柱的娘叫吗。母亲想了想，说，叫骡娘娘吧。我说，骡娘娘，真难听。

骡爷家一下热闹起来，骡爷更勤快了，他的脸上总挂着笑。人们说，骡子艳福不浅。

留柱跟我、喜力年纪相仿，住得也近，很快成了伙伴，天天腻在一起。留柱聪明，没多久，便跟我们学会了下棋、抽尜尜、摔元宝，并且越玩儿越精。他也教我们玩儿"嘎拉哈"，真、轮、坑、肚，一十、十五、二十。留柱玩儿得更好，总赢。

十奶奶疼他，给他零花钱，让他买万花筒，买塑料手枪，买糖稀和芝麻糖。

那天傍晚，父亲从外面回来，忽然把我叫住，说，以后别跟留柱玩儿了。我问，为吗？父亲说，留柱偷钱，被骡爷抓住，打了一顿。

第二天，留柱找我玩儿。他的脖颈上、胳膊上果然有伤，青一块，紫一块。留柱解释说，那是他从柴火垛上摔下来，磕伤的。我问他，疼不？他摇摇头，说，不疼，他打小就不怕疼，吗都不怕，天不怕，地不怕。我知道他在说谎，但仍假装信服地点点头。

我带他出去，在柳树林转一圈，便推说闹肚子，匆匆回家了。

留柱仍是偷，偷了钱买猪头肉、买香肠，后来，又买烟买酒。骡爷拿他没办法，打也打了，骂也骂了，不管用。有一回，留柱挨打之后，悄悄对我说，早晚弄死这个鳖养的！

一转眼，三年过去了。三年后的一个秋天，金锭突然离开了董村。她收到一封来自北乡的电报，电报有五个字：父已死，勿念。金锭拿到电报的第二天，便离开董村，回了北乡，从此杳无音信。她是个有主意的人，她想做的事，十头牛也拉不回。关于金锭的离开，她的母亲，那个来自北乡的高个子女人，只说了一个字：命。

金锭离开的那年冬天，骡爷死了。他死在自家猪圈里，隆冬时节，猪圈里上了冻，骡爷的身体僵硬地横在冰上，他的面前，恰好是一坨冻得僵硬的猪粪。人们难以相信，这么壮实的骡爷，竟然说死就死了。人们说，是属虎的女人克死了骡爷，骡子虽然壮实，可终究降不住老虎。

骡爷下葬后没多久，董村下了场大雪。胡同里的住户，丑爷、贾爷、麻爷拿了铁锨、扫帚出来扫雪。十奶奶闻讯，竟也拿了家什，帮着扫雪。众人让她歇着，说，这么大年纪，挂帅出征，快赶上佘太君喽。十奶奶却不肯，说吗也要跟着忙。争执半天，竟坐在地上，号啕大哭起来。

骡娘娘带着留柱，再次改嫁到了三里地外的黑龙村。男方是个磨坊主，家境不错，只是有一回推磨，被机器挤掉了一只手，成了残疾。在黑龙村，留柱又有了一个新名字：换新。他后来回来过两趟，一趟是为拿走落在家里的那副"嘎拉哈"。另一趟不知道为吗，问他，他只说，没事，就想回来看看。

十奶奶活了几年，也死了。她的葬礼非常简陋，灵前只有零星几个本家子侄。

出殡那天，骡娘娘领着换新前来吊唁。磕头时，骡娘娘哭成了泪人。换新比以前长高了，他退学后，成了一名客车司机。他的车是别人淘汰下来的，很旧了，隔三岔五就要修一次。他说，他跑的是"黑车"。高兴了就跑一圈，不高兴，就找一帮人在车里赌钱。他让我有空到黑龙村找他玩儿。他还嘱咐我，要是受了欺负，就告诉他，他跟"豹哥"拜了把子。

骡爷家的房门落了锁，屋顶的茅草越长越高。院墙被雨水侵蚀，变得更加破旧，终于在一个风雨交加的夜晚，倒了。

红　　颜

有个老头儿，住在村北。我不知道他的名字，就只好叫他"老头儿"了。村里的孩子们说起他，也叫他"老头儿"。说，村北那个老头儿。

老头儿其实并不老，只是个子矮，黑，又有些驼背，看起来便老了许多。

老头儿单门独户，老伴去世早，膝下只有一个闺女，早早嫁到北乡，生了个女孩儿。女孩儿两岁时，她的娘跟一个来自南方的手艺人"跑"了，从此没了音讯。没多久，男方另娶，那女孩儿便成了累赘，被送到董村，跟老人一起生活。

在董村，我们常见到这祖孙俩的身影，他们一老一少，形影不离。老人放羊，女孩儿也跟着放羊。羊群浩荡，老人走在队伍后头，手拿长鞭，鞭杆拴着红缨子，鞭梢在空中划个弧线，甩得啪啪响。女孩儿紧跟着老人，也学他的模样，折条柳树枝子，轻轻在空中甩。农忙时节，老人下地干活儿，女孩儿便在地头树荫下，拿根谷苗圈地上的蚂蚁。黄昏了，老人扛着锄头回家，女孩儿远远地跟着他，像他的小尾巴。离得远了，老人就喊:"小弟哎!走快点儿哎!太阳快要钻被窝喽!"逢着董村赶集,老人到集市上去卖山芋、卖胡萝卜,也带她去。人们见这孩子长得好看,就逗她,小弟,你管这老头叫吗?小弟,你几岁啦?小弟,你娘去哪儿啦?女孩儿不知如何回答,只斜眼瞥着那人,满是敌意。逢着这样的情形,老人便举起烟袋锅,朝那人比画着,骂道:"老不死的,让你嚼老婆舌头!"

喜力说,小弟,真奇怪,一个女孩儿,竟起个这样的名。

臭蛋说,不叫小弟能叫吗?难道叫"小叔"?叫"小舅"?

喜力说,去去去,净瞎扯,杠精。

小弟一天天长大。她上学了,梳着羊角小辫儿,挎着新书包,书包里装着作业本、铅笔盒。她脖子里系根红绳,绳上拴着家门钥匙,看起来英姿飒爽。老人摸摸她的头,说,小弟哎,上学了,是大孩子喽。说完,兀自笑起来。到底还是孩子,心浮气躁,走路也不安生,走一步,跳一步,书包、钥匙和小辫一起乱晃。有时,她还哼歌:小燕子,穿花衣,年年春天来这里。她跟别的女孩儿玩儿,跳房子、丢沙包、跳皮筋,她玩得好,总赢。女孩儿们都说,小弟,小弟,你要成精啦。

她上到五年级了,个子长高了很多,跟老人的肩膀持平。只是瘦,老人怕她营养跟不上,每天磕一枚鸡蛋,用热水冲了给她喝。她嫌腥气,不喝。老人做示范,端起来,喝一大口,说,捏着鼻子,不喘气,咕咚咕咚就喝下去啦。她的成绩不好,也不算太坏,考试总在中游晃荡。有时,会因为作业写得不好被老师留下罚站。晚了,老人下地回来,见女孩儿不在家,便去学校接她。老师跟老人数落着女孩儿的诸多不是:她写作业太马虎,写字就像画画,横不平,竖不直。课堂上,她总是迷迷糊糊的,呵欠连天,好像总也睡不醒,而只要下课铃一响,她马上醒了盹儿,跟别的孩子们疯跑去,就像换了一个人。老人低着头,说,是,是是,唯唯诺诺地给老师道歉。回家路上,老人原本打算说她几句,她却率先跑在前头,照例蹦跳着,无所谓的样子。老人只得替她拿了书包,摇着头苦笑。

村里来了算命先生,是个瞎子,戴墨镜,敲牛角,手执竹竿探路。算了几卦,人们都说灵。老人领着女孩儿路过,凑上前围观。人们撺掇他,算一卦吧,也不贵,算算吗时候入土,也好提前准备棺材。老人嘿嘿笑着,说,家里有个拖油瓶,阎王爷可怜咱,不收。到底是被说动了心,给女孩儿算了一卦。算的是:时来运转喜气发,多年棒槌开了花。一切驳杂不复返,十人见了十人夸。老人高兴,跟众人说,小弟命中是要富贵的。众人说,看把老头子乐的。老人说,那当然,小弟富贵了,俺也跟着富贵喽。

在众人面前,老人总对他的小弟赞不绝口。小弟学会了做饭,简单的,熥馒头,熥菜。老人说,这就够了,她还小,这么小的孩子会做饭,不赖喽!过几天又说,小弟会切黄瓜、拌西红柿、腌豆角,我回家就等着吃现成饭呢。老人也说她的糗事,有一回,她用煤炉熬鸡蛋汤,结果,火太大,水烧得滚开,鸡蛋全"飞"了,只剩下一锅清汤。老人说着,嘿嘿笑,说,这闺女,懂事,知道疼人。他是在大队门口说的,很多人都听到了。人们就夸他,有福气,说,苦日子总算快熬到头了。

再大些,是个姑娘样子了。剪了流行的女孩儿发型,用做手工挣来的零钱买了好看的凉鞋和裙子。赶集时,她总在卖日化的杂货摊前,盯着摊位上的耳坠、眉笔、指甲油,恋恋不舍。她还偷偷跟要好的女生一起,讨论班里哪个男生长得好看。村里的男人,光着膀子去家里买羊,她躲在屋里,不出门,不朝外看。家里的母羊生产,老人招呼她,小弟,准备柴草,准备煤油灯,准备热水,准备剪刀。她守在旁边,不敢靠近,又不敢远离,脸红得发烫。老人看出她的心意,不再让她守着,说,小弟,你回屋去睡觉吧,我自己能行的。

几天后的傍晚,老人搬着被褥住进了西屋。他说,年纪大了,睡觉轻,一个人睡,清静。

小弟升到初中,成绩日益糟糕。也努力过,笔记抄了厚厚几本,但成绩始终徘徊不前。老师点名批评,说,别人的脑子里是知识是文化,她的脑子里全是糨糊!同学们都笑,只有她趴在课桌上哭。又一回,讲电路的串联并联,唯独她不会。老师说她笨,说,讲过多少遍的知识,怎么就记不住。她急了,摔门而去。不知怎的,她的身世逐渐传开,同学们在背后指指戳戳,说她没娘,打小喝羊奶长大,怪不得这么笨。她跟人家吵,一回,两回,三回。吵赢了,学习成绩却每况愈下。后来,索性破罐破摔,再不去上课,终日跟几个男生混在一起,逃课去打台球,看录像,打游戏机。有一回,跟一个男生在饭馆喝完酒，玩得过了，失了身。

老人被学校叫去谈话，处分结果是开除。出了校门，老人的身子开始发抖，天也晃，地也晃，眼前的事物变得模糊。他拉着小弟的手，说，小弟，小弟，天怎么忽然就黑了？

老人病了一场，脑血栓，栓住半拉身子，到乡医院住了半月，病好了，却留下后遗症，肩膀斜着，走路一瘸一拐。没法放羊了，只得将羊群全部卖掉。

饭桌上，老人对女孩儿说，小弟啊，你长大了，有些话，我想了半天，还是该跟你谈谈……

小弟站起身，哼了一声，没说话，回屋去了。

小弟不去上学了，也很少跟老人交流。她总是一早出门，直到天黑才回来。出来进去，她从不瞅老人一眼。看得出，她嫌弃他了，他成了瘸子，身上脏兮兮的，散发着酸臭的味道。他的口齿含混不清，嘴角总挂着长长的口涎。老人做了饭，她不肯吃，把碗筷推到一边，说不饿。一扭头，便跑到小卖部买包"小浣熊"干脆面，大口咀嚼。老人说，小弟啊，别总吃那东西，硬，伤胃，你年轻，不知道，等你上了岁数，后悔也来不及。她不听，扭头出门去了。

她缺钱了，就站在门口，张开手，仍不说话。老人从钱匣子里拿出钱包，抽出几张，交给她。嘴唇张了张，想说话，终于还是忍住，转身去忙了。

她的胃口越来越大，胆子也越来越大，她不再跟老人伸手要钱，她的钱花光了，就自己到钱匣子去拿。

她给自己找了个对象，染了黄头发，戴着银戒指，穿着宽大的喇叭裤。她叫他"小黄毛"，说，小黄毛，你是不是傻？小黄毛，你去给我买瓶汽水。小黄毛，信不信我揍你？她挎着他的胳膊，他搂着她的肩膀，两人在十字街大摇大摆地走，旁若无人。老人去十字街买肥料，遇上了，小弟说，黄毛，这是咱姥爷！黄毛点头哈腰，叫，姥爷！小弟拉着他，跟老人说，这是我对象，黄毛。说完，嘻嘻哈哈地走了。

过两天，却换了另一个男孩儿，黢黑，壮实，浓密的头发，眉角处有一道长长的疤，说话瓮声瓮气，外号大熊。大熊对小弟不错，经常为她打架。小弟说，大熊亲口说过，为了她，死都值得。事实上，那个为了小弟"死都值得"的男孩儿，跟她处了不过两个月，便分手了。分手的原因，据小弟说，是因为她遇到了自己命中的"白马王子"。

"白马王子"家庭条件不错，在乡里开五金厂，有钱。人也不坏，小弟回家取东西时，带他来过。小弟没让他进屋，只让在门口等。老人在院子里拾掇柴火，见他在门洞探头缩脑。男孩儿瘦瘦的，留着分头，像个本分的孩子。只是有些羞涩，见老人瞅他，低声叫，姥爷！老人愣了下神，随即答应着，哦，哦，好，好。

老人真的老了。眼花了，天刚擦黑，便看不清院子里的物件。他的耳朵越来越背，总爱打岔，把"吃饭"听成"鸡蛋"，把"赶集"听成"坐席"。他还添了爱做梦的毛病，有时候，他半宿醒来，东寻西找，叫小翠。小翠是他的女儿，小弟的母亲。算起来，他们已十几年没有踪影了。他最近总是梦见她。

小弟要出嫁了，婚期已定，新郎是那个鹭鸶一样的"王子"。

结婚当天，老人喝了酒，他酒量不好，很快便醉了，脸也红，舌头也短。酒桌上，他不停说啊说啊说，说小弟的好，都是些陈芝麻烂谷子：小弟听话，知道疼人，心细，也勤快，能忍能让，爱臭美……嘿嘿嘿嘿。一转念，又想起吗，说，小弟脾气拧，随她娘，打小跟着我，受苦了，受苦啦！说着说着，蹲到地上，哭起来。

结婚三天，新娘回门，新郎却没来。问小弟，小弟说，管他呢，爱来不来。

老人说，小弟啊，可不能这么说话，结婚了，成了大人了，做事要注意，公婆要处好，小两口……

小弟挽起胳膊，胳膊上到处淤青，说，不跟他过了，这个王八蛋，打人。

老人惊住了，说，怎么这样，小弟，你给我说说。小弟说，娘的，这一家子都是畜类，不是人。老人颤巍巍地拿起烟簸箩，他给自己卷了支烟，嘴里不停念叨着，打人不对，有事说事，怎么能打人呢。小弟，疼不疼，嗯？

小弟气鼓鼓地说，也不算吃亏，我咬他了。老人说，小弟，你这脾气啊，太暴躁。小弟说，你不知道，他骂我有人生没人养。说完，哭了。

第二天，男方派人来说和，说小两口年轻气盛，吵架拌嘴难免，急眼了，动了手。老人听着，抽袋烟，说，嗯，哦。那男孩儿躲在后头，不说话。老人把他叫到面前，问他，你打小弟了？男孩儿点点头，说，打了，不过，她也咬人。老人说，你骂她有人生没人养了？男孩儿说，嗯，骂了。老人扬起手，扇了男孩儿一巴掌，说，她是我的命根子，她有一千个不好、一万个不好，你把她送回来，交给我，我说她，我管她。你不该骂她，更不能动手打她。她是我带大的，你打她，要先问问我！对不对？嗯？

事儿闹僵了，两家断了往来。小弟又回到董村住。忙时跟老人下地，闲时打打零工，拆纱线、缝布老虎、插塑料花之类的，每天忙忙碌碌，也挣不了仨瓜俩枣。到底不是长久之计，后来，她想出去打工，找了找邻村的同学，进了县棉纺厂当女工。棉纺厂在县城西郊，离家远，每月放假，回来一次。到底是长大了，打扮时髦了、洋气了。脾气收敛了许多，每回放假，总记得给老人带好吃的，蜂蜜、糕点、麦乳精，满满一兜子。老人笑得合不拢嘴，却说，小弟啊，省着点儿花，自己多攒些钱，将来用得上。

再回来，买的东西越来越贵，"燕舞"录音机、"熊猫"电视，等到年底，又给家里安了电话。老人心里没了谱，问小弟，哪儿来这么多钱？小弟说，挣的呗！老人说，挣钱多少无所谓，千万别给姥爷惹事。小弟做个鬼脸，说，放心，姥爷，您就等着享福吧。老人说，我放心，我放心。

　　果然出了事，转年的春天，小弟怀孕了，很意外。回到家，哭哭啼啼的，说，不活了，吊死算了。老人问，怎么回事，小弟不肯说。又问，到底怎么回事。仍不说。再问，终于松口，说，自己找了野男人，是厂里的车间主管，有家，有孩子，却一直追求她。给她调了岗位，清闲，挣钱多，带她看电影、逛商场，给她买衣裳首饰化妆品，还带她去外地旅行。老人问，孩子怎么办？小弟说，生下来，送他家里去！老人叹口气，摇摇头说，唉！

　　孩子生下来，是个女孩儿。小弟抱着孩子去跟男方谈，要他赶紧离婚，娶她。却没谈拢，男方总是说，再等等，再等等。小弟天天找，天天缠，一来二去，男方烦了，干脆躲起来，不见她。她在车间闹，在厂里闹，最后找到男方家，一顿打砸，闹得鸡飞狗跳。到底没翻身，男方铁了心，回归家庭。闹急了，反诬一口，说小弟勾引他，又说，她原本就是个放荡的女人。折腾了大半年，最终赔了一笔钱了事。

　　小弟在厂里混不下去，辞了职，再次回到董村，跟老人一起生活。老人一边种地，一边帮忙照看孩子，日子过得艰难却安逸。

　　孩子稍大些，小弟离开董村，去了省城闯荡。女儿留给老人看管，那时，村里发展果木种植业，栽了大片梨树。梨苗长到第五年，挂了果，村里怕人偷梨，便派人看守。老人自告奋勇,当了梨园的守卫。

梨园很大,园子中间一片开阔的空地上有两间茅屋,女孩儿跟着老人一起,在茅屋里住。老人给女孩儿起了个名字,苦娃。黄昏时分,人们常听到老人招呼女孩儿:苦娃哎,苦娃哎,回来吃饭喽……

喜力说,苦娃,一个女孩儿竟然起个这样的名字。

臭蛋说,是呢,真奇怪。